Maren Witte

AF219601

Manilva, Tango & Pistazien

Eine Liebe in späten Jahren

Bibliografische Information der Deutschen Nationalbibliothek:
Die Deutsche Nationalbibliothek verzeichnet diese Publikation in der
Deutschen Nationalbibliografie; detaillierte bibliografische Daten sind
im Internet über dnb.dnb.de abrufbar.

© 2020 Maren Witte
Herstellung und Verlag: BoD – Books on Demand, Norderstedt
Grafik: Corinna Blume
Satz: Corinna Blume
Umschlaggestaltung: Corinna Blume
Zeichnungen der Landkarten: Maren Witte
Malerei: Maren Witte
Fotos: Maren Witte
Übersetzung der Gedichte: Maricel Suárez

ISBN: 978-3-7534-0177-5

Inhalt

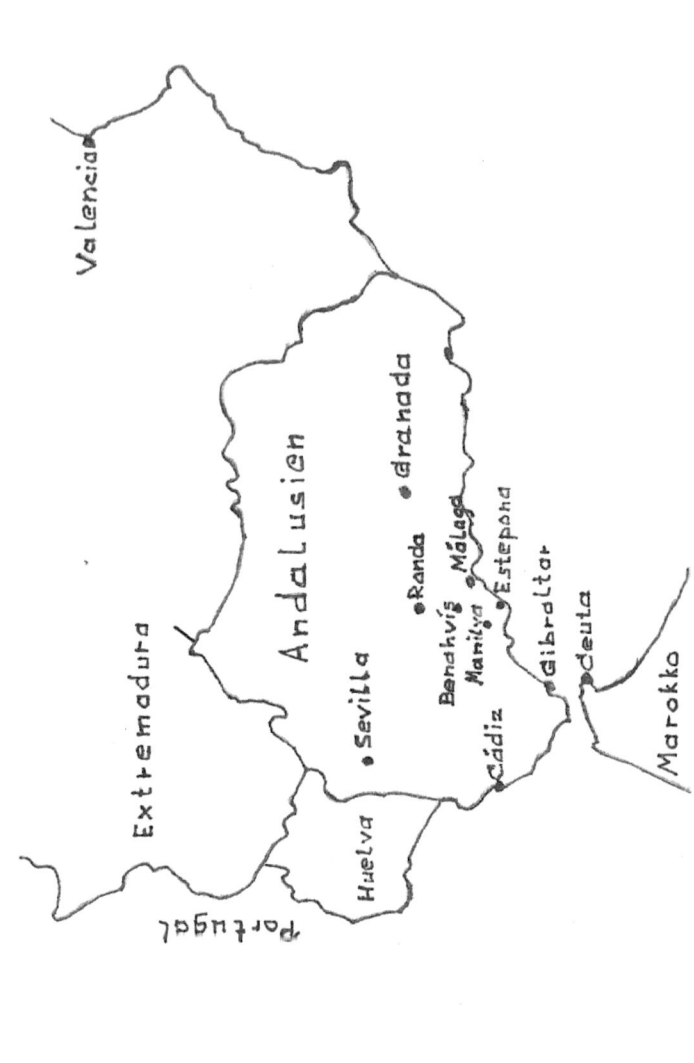

Valencia

Extremadura

Portugal

Andalusien

Huelva

Sevilla

Cádiz

Ronda

Benahvís
Manilva

Granada

Málaga

Estepona

Gibraltar

Ceuta

Marokko

Andalusien März 2018 / Viola

Er stand links neben mir am Tresen in meiner Lieblingsbodega ziemlich weit im Süden von Spanien. - „Widerstand ist zwecklos, dies ist der Anfang von der Ewigkeit," sagte er und griff mir an meine rechte Pobacke. Ich drehte mich halb zu ihm: „Suchst du was für eine Nacht oder willst du mein amante⁰ werden?" Langsam, kaum spürbar zog er seine Hand zurück: „Das wird sich rausstellen, warum meinst du?" „Du trägst keinen Ehering und guckst so notwendig wie alle Ehemänner, die länger als 10 Jahre verheiratet sind." „Ich sehe also auch ohne Ehering wie ein Ehemann aus?" „Ja, vielleicht nicht wie einer, den sich die Mütter als Schwiegersohn wünschen. Es gibt Männer, die heiratet man und es gibt Männer, die liebt man." „Würdest du mich denn heiraten?" „Nein niemals, und ich habe die Fangfrage wohl verstanden." „Bist du denn verheiratet?" „Nein, nicht mehr und das wird auch für immer so bleiben. Frei sein ist die einzige und beste Möglichkeit zu leben. Die Ehe mit den Folgen von Besitzdenken und Eifersucht versklaft den Geist." „So schlechte Erfahrungen?" Er nahm sanft meine Hände und betrachtete sie lange, drehte an meinen zwei schlichten Silberringen. Gab mir meine Hände zurück, zog eine Augenbraue hoch und fragte: „Bist du echt, oder aus einem Katalog?" - Dabei kniff er mir in den Oberarm. *Also sowas! Eben noch so sanft und schon gleich wieder frech* „Manchmal ist

Verlangen schon genug" - sprach ich leise. - „Wie meinst du das?" - „Wenn du Talent und Fantasie hast, finde es heraus." - „Würdest du mit mir schlafen?" *Muy raro[1] dieser Typ, ich kann ja mal mitpokern:* „Bevor ich mit dir schlafe, muss ich mit dir tanzen, ich will deinen Rhythmus spüren" - „ Geht das auch ohne tanzen?" - *Er hat wunderschöne Hände, sein Gesicht ist sehr ansprechend, der Körper anatomisch ideal. Als Nacktmodell sicher gut brauchbar.* - Soetwas erfasse ich optisch blitzschnell. In Gedanken habe ich bereits eine Skizze angelegt. „Bei dir vielleicht. Wenn du kein Pianist bist, was machst du sonst noch so mit deinen Händen?" - „Ich lass es dich gerne herausfinden, du wolltest doch mein Talent kennenlernen."

Ich bin nie flirtfrei durch die Welt gegangen. Dies hatte manches Mal Folgen. Schöne und welche, die man schnell wieder vergessen sollte. Das Liebesleben ist eine Ansammlung von Momenten und man muss das Beste in den Zeiten dazwischen machen. Was natürlich die meiste Lebenszeit ist. Nein, er ist nicht perfekt. Nein, auf keinen Fall und ich entdecke ganz sicher schnell Dinge an ihm, die ich nicht mag. Aber ich war fasziniert von seinen etwas schlacksigen Bewegungen, von seiner Stimme, seiner sanften und dann wieder von seiner frechen jungenhaften Art zu sprechen. So einem direkten Typen bin ich ja noch nie begegnet und wieso kann ich mich sofort darauf einlassen? Bin ich etwa schockverliebt? Jetzt wurden mir die Knie weich, muss mich am Tresen festhalten. Er spricht ein ziemlich gutes Spanisch mit Antonio. Ich habe gerade das Gefühl mich aufzulösen wie eine Temposocke in der Kloschüssel. *Ja natürlich, seine Stimme war's.* Und dieser Schuft hatte mich gleich erkannt. Seine Haare waren nicht mehr alle schwarz, wie meine nicht mehr alle echt blond waren. Er bemerkte meinen Blick zu seinen Haaren. Er grinste schelmisch: „Ja Viola, 27 Jahre sind eine lange Zeit." Ich hebe mein leeres Glas: „Na denn Martin, Oh vacío."[2] - „Dos cañas por favor![3] Es fängt doch gerade erst an Viola." - Bei diesen Worten umfasste er meine Taille. *Fühlt sich gut an. Ja, riefen mein Bauch und meine Haut.* Zwei Monate ging das jetzt schon mit uns. Gibt es einen Platz ohne Erinnerungen und ohne Später? Ich versuchte mich zu erinnern, genau den Punkt zu finden, was ich fühlte, als es anfing mit uns. Bei mir war vor längerer Zeit mein vorheriges Leben auseinander gebrochen. Man muss wissen, wann und warum etwas zu Ende geht, nur dann kann es einen neuen Anfang geben. Es begann genau an dem Tag, als wir uns in der Bodega bei Carmen und Antonio wiedersahen. Wiedersahen ist falsch ausgedrückt, denn damals als wir alle auseinanderliefen, hatte ich ihn überhaupt nicht wahrgenommen. Auch nicht in all den 9 Jahren, die wir von der 5. bis zur 13. auf der EWS waren, als wir uns alle im letzten halben Jahr durch die Abi-Fächer gequält hatten. Und jetzt taucht er einfach so aus dem Nichts auf. Einfach so, nach 27 Jahren. Ich drehte mich um, er war da, er war immer da, ich wusste es nur nicht. Man kann nichts dagegen, auch nichts dafür tun. Es macht peng, und es durchfährt dich heiß wie ein Blitz. Das Leben besteht aus Rätseln, sie lauern hinter jedem Baum, an jeder Häuserecke. Ich muss diese Rätsel nicht alle lösen. Bei vielen hatte ich nicht mal ein Anfangsinteresse. Aber das mit ihm? Schicksal, Vorherbestimmung? Jetzt im reifen Alter glaube ich daran. Nein, ich weiß, dass es so ist. Wege und Möglichkeiten sind dir vorgegeben, allerdings entscheiden musst du selbst, welchen Weg du einschlagen willst. Ich bin auf vielen Wegen gelaufen, habe Täler durchwandert. Unterwegs mein Ziel auch mal am Rande liegen gelassen. Machmal denke ich, ich verpasse mich. Eine richtige Lyrikerin würde natürlich schreiben -ich verliere mich-. Aber das ist etwas völlig anderes. Wenn ich mich verliere, kommt ja bei jedem mal vor, kann ich mich auch wiederfinden. Doch wenn ich mich verpasse ist es so, als wenn ich den Zug verpasse. Ich habe keine Chance genau diesen Zug wieder zu bekommen. Ich kann höchstens den nächsten Zug nehmen; doch dieser fährt möglicherweise in eine völlig andere Richtung. Das ist doch dann Schicksal oder Vorherbestimmung. Ja, ich bin immer neugierig, ich besteige diesen Zug. Man ist ja niemals wirklich weg. Es gibt nirgends im Universum ein Loch, durch das man mal den ganzen Wahnsinn auf dieser Erde entkommen kann. Einfach mal von der Erde fallen, das wäre unterirdisch schön. Oder wenigsten mit meinen Gedanken leise auf Socken verschwinden. *Mit ihm - Oder lieber nicht?*

Alles auf Anfang / Martin

"Dies ist der Anfang von der Ewigkeit". Was für einen Schwachsinn hatte ich da vor einigen Wochen in der Bodega zu ihr gesagt. Früher ist mir auch schon mal was besseres eingefallen, wenn ich eine Frau in die Kiste haben wollte. Nee, so schnell läuft das bei ihr nicht. Gut, ich bin NUR ein Mann, aber doch kein Macho. Ich mache ihr einen ganz seriösen Antrag, ich werde sie heiraten. Sie könnte, nein sie IST die Frau, die ich seit langem gesucht habe. Sie wird sagen – du hast mich nicht gesucht, ich habe dich nicht gesucht, wir sind uns zufällig begegnet - Vale (o.k.) wir haben uns nicht gesucht, aber wir haben uns gefunden. Sie glaubt doch an Schicksal und Vorherbestimmung. Nein, heiraten will sie ja nicht und ehrlich, ich auch nicht. Ist man erst ein Ehemannm hört das Kribbeln bald auf und man ist wieder auf der Flucht. Dann sagt sie diesen Satz, der mich wie eine Keule trifft: - Manchmal ist Verlangen schon genug - ist das etwa ihre Lebensphilosophie? Ich werde gleich verrückt, ich brauch sofort einen "Magno."[4] Frauen sind die besseren Lügner. Ich nehme ihr diesen Satz auch nicht ab. Obwohl, manchmal sind Lügen viel wahrhaftiger als die Wahrheit. Mit mir muss ich allerdings bei der Wahrheit bleiben. Der Magno läuft mir heiß die Kehle runter. Jetzt habe ich schon am Tage meine nächtlichen Visionen. *Ich möchte mit ihren Beinen zu Bett gehen und mit dem was oben dran ist.* Ihre Pobacken sind ausschließlich für meine Hände gemacht, die sie übrigens schön und sensibel findet, meine Hände. Wäre doch ein Anfang von ihrer Seite aus. *In meiner Vorstellung streiche ich über ihren festen Po, die formschönen Schenkel und die Waden, will ihre Füsse küssen. Oh Gott nein, ich beiße in ihre Waden und denke dabei an ein Entrecote. Bin ich ein Kannibale?* Ich habe seit mindesten gefühlten 12 Stunden nichts gegessen. Ich befürchte gerade, dass mir das Wunder der Liebe wieder entgleitet, weil ich bei diesen Gedanken doch nur meinen Hunger stillen will. Dabei möchte ich die Gesamtheit meiner Empfindungen für sie in einen einzigen Moment bewahren. Ich renne in meine Küche und haue mir vier Eier in die Pfanne.

Rosa kommt mit zwei Körben bepackt vom Markt, sieht mich mampfend mit dem Eierteller: „Marrtín," sie spricht meinen Namen sehr spanisch aus, „du solltest nicht so hastig essen, dein Magen ist z.Z. sehr gereizt." Was sie alles merkt, die treue Seele. Seit sechs Jahren arbeiten wir zusammen. Sie gehört zu meiner Finca rural[22], lebt in der Casita[23] kurz vor den Olivenbäumen, macht meine Buchhaltung und Vieles mehr. Wenn ich am Chaos der spanischen Behörden verzweifel kriegt sie das irgendwie hin. Am Anfang waren wir auch mal intim, ist aber im beiderseitigen Einvernehmen schnell wieder erloschen. Kennengelernt hatten wir uns auf einer Weinprobe im Riojatal. Sie leitete dort ein Weingut und wir fachsimpelten die halbe Nacht. Am Ende kam dabei heraus, sie wollte in ihre Heimatstadt nach Estepona in Andalusien zurück. Manilva, wo ich lebe, liegt nicht allzu weit westlich von Estepona. Rosa wünschte sich wieder dort nah bei ihrer Familie zu sein, es gibt bereits zwei Enkelkinder. Diesen Schritt könnte sie aber erst in die Tat umsetzen, wenn sie dort eine adequate Arbeit gefunden hätte. - Kannst du bei mir haben bot ich ihr an. Sie schaute mich ungläubig an und meinte, du wirst ja wohl in Andalusien keinen guten tinto[24] anbauen. - Das nicht, aber einen ganz passablen blanco,[24] einen Manilva (den sie natürlich kennt) und ich mache in feinstem Olivenöl, habe noch eine ausbaufähige Avocadoplantage. Reicht dir das an Arbeit als Managerin? - Drei Monate später kam sie nach Andalusien runter, wohnte ein halbes Jahr erstmal bei ihrer Tochter und Familie. Das wurde ihr aber irgendwann zu eng, zumal sie dann jeden Tag zu mir in die Berge von Manilva auf meine Finca kam. In den ersten Wochen brachte sie unter wünstem Fluchen meinen Bürokram auf Vordermann. Ihre Orga war super, irgendwie richtig deutsch. Sie konnte auch wesentlich besser als ich mit dem Steuerberater streiten. Rosa rümpfte zwar die Nase über den blanco Manilva im allgemeinen, aber der war begehrt hier in der Gegend in den kleinen Bodegas, unser Absatz lief gut. Ich hatte und habe viel Arbeit mit dem Olivenölgeschäft, es hat sich vergrößert. Auf dem Markt ist es eng. Es ist nicht leicht ein biologisch einwandfreies Öl an den Händler und Endverbraucher zu bringen. Solche Öle sind natürlich etwas teurer. Dafür habe ich auch gute Verbindungen nach Deutschland. In diesem Oktober/ November werden wir unsere zweite Avocadoernte einfahren. Wenn mal wieder Saisonarbeiter für eine meiner unterschiedlichen Früchte fehlen, Rosa organisiert in windeseile neue Leute. Sie ist genial. Auch wenn wir auf Messen stehen, sind wir ein gutes Team. Aber eben kein Paar geworden. Vielleicht ist das auch gut so. Wobei ihre Tochter Marta uns gerne verkuppelt hätte. Ich bin ja hier vor zehn Jahren hängengeblieben. Das Angebot meiner Firma in Hamburg für Windkraftanlagen reizte mich. Ich bin eigentlich Statiker und sollte als solcher und Bauleiter in die spanische Provinz Cádiz, ganz im Westen von Andalusien an die Costa de la Luz. Dort ist permanent Wind, ein Paradies zum Surfen und Kiten bei Tarifa. Entweder hat man dort den Levante (Oriente/ Ostwind) oder den Poniente (Occidente/Westwind). Den Bau von Windkraftanlagen habe ich dann dort über ein Jahr gemacht. Wenn Greta es einrichten konnte und ich auch, kam sie aus Hamburg und wir fuhren durch Spanien. Ich war begeistert von diesem geschichtsträchtigen Land, der Kultur, den Menschen, der Sprache, die ich schon einigermaßen beherrschte. Greta konnte dem nicht wirklich etwas abgewinnen, bemängelte sogar, wenn ich mit den Leuten spanisch redete und es ihr nicht sofort übersetzte. Sie meinte, Spanien sei nun wohl meine neue Liebe (wie recht sie hatte) und ich würde dem Ganzen hier mehr Aufmerksamkeit widmen, als ihr je zuteil geworden ist. OHA! Wir wussten beide längst, dass es zwischen uns nicht mehr optimal lief; doch die Entscheidung einer Veränderung unseres immerhin seit acht Jahren gemeinsamen Lebens herbeizuführen, ist dann nicht so einfach. Wir hatten keine Kinder, das machte die Trennung nicht ganz so schwierig. Greta lebt heute verheiratet in New York. Wir haben Kontakt. Es geht ihr gut und das freut mich. Mir geht es auch gut, auch mit den Spanierinnen. Ich war schon einige Male anverliebt; doch wenn Luisa, Mónica, oder Carmelita die Gespräche in Richtung Ehe lenkten, lenkte ich mit großer Anstrengung alles auf Anfang zurück ins Nirgendwo. Leider nahm es nicht immer ein friedliches Ende. Das Temprament und die Eifersucht einer enttäuschten Spanierin ist nicht zu überbieten. Ich liebe doch die Frauen, vielleicht bin ich ja kein Frauen-Versteher, möchte aber keine von ihnen verletzten. Was wären wir denn ohne sie: Traurige Gesellen, Arbeitsmonster oder Trunkenbolde.

Außer Rosa, die in unserem gemeinsamen Büro und in meiner Küche ein und aus geht, wuselt seit einiger Zeit Paqui zwischen meiner Dusche und meinem Bett hin und her. Eigentlich fühlt sie sich im ganzen Haus sehr heimisch, ihre Bücher und CD´s haben sich bereits still und heimlich zwischen meine gedrängt. Ich befürchte allerdings, dass ich sie auch bald zu den Anderen ins Nirgendwo befördern muss, also Paqui mit ihren Büchern, CD`s und ihren reizenden roten Spitzenhöschen. Wobei

speziell solche roten Teile mich noch nie erotisch ange-
turnt haben.

Ich sitze an meinem Schreibtisch, sollte etliche
Olivenöl-Angebote nach Deutschland rausschick-
en. Glotze geistesabwesend auf den Bildschirm
von meinem PC und sehe nur Viola vor mir,
wie sie in ihrem kurzen weißen Trägerkleid auf
der Promenade von Estepona mir entgegen kommt, bei
diesem orangefarbenen Afrika-Abendlicht. Weiß auf
ihrer sonnengebräunten Haut. Dieser Fetzen von einem Kleid hat vorne einen Reißverschluss bis zur Taille.
Wie praktisch ! Als wir uns gegenüber stehen rutscht
ihr linker Träger von der Schulter. Mit meinem rechten Daumen hebe ich ihn wieder an Ort und Stelle.
Ein Lächeln, Umarmung, un beso[5] rechte Wange, linke Wange. Wir fassen uns bei den Händen, sie fragte:
„Wohin entführst du mich?" Ich: „Nichts Großes, du
wolltest es ja Spanisch einfach, ist mir auch am liebsten."
Wir zogen unsere Schuhe aus und liefen durch den Sand
zu meinem Chiringuito[6], in diesem sitze ich gerne mal.
„Ganz nach meinem gusto, ich hätte Appetit auf Bo-
querones," sagte sie. Wir futterten die kleinen Fische
mit den Fingern und schlürften reichlich tinto. Das
Orange des Himmels ging in ein Magenta über und
schnell verschwand die Sonne im Westen.......Ein Schlei-
er zieht sich über meine Netzhaut. Ich sehe nichts auf
meinem PC. Erlebe gerade den ganzen Abend und die
Nacht, in „Elviras" Pension, mit Viola.

Seit zwei Wochen rufe ich sie fast täglich an, meine Sehnsucht lässt mich das Luft holen vergessen. Sie blockt alle meine Versuche ab, sie zu einem erneuten Treffen zu bewegen, sagt, sie müsse viel arbeiten. In vier Wochen hätte sie eine wichtige Exposición in Malaga zusammen mit einem Bildhauer aus Buenos Aires. Klar, das verstehe ich, sollte mich auch besser auf meine Arbeit konzentrieren, gelingt mir aber einfach nicht.

Kleine grüne Dämonen sitzen auf meiner Schulter, machen Fratzen, kiechern, transportieren mir eine dicke Kugel Wut in den Bauch. Viola, mein Engel, wir waren doch trunken vor Liebesglück. Nicht trunken vom tinto. Hat sie unsere erste Nacht vergessen, ausgelöscht? War es das für sie, oder was treibt sie für Spielchen? Bin ich hier in einem Doris Day-Film? Ich will mich nun doch mal auf meine Olivenöl-Angebote einlassen. Eine e-mail kommt rein. Kann weder einzelne Wörter, geschweige denn zusammenhängende, Sinn machende Sätze lesen. Irgendwelche Schriftzeichen aus anderen Welten tanzen mir vor den Pupillen. Das muss Suaheli sein, oder irgendwelche Glucks- und Schnalzlaute der Ureinwohner von Neu Guinea.

Schmeiß jetzt den ganzen Kram hier hin, raus, rauf auf die Maschine. Höre noch gerade Paqui kreischen -Wo willst du hin- und Rosa rufen -Wann kommst du wieder-----

Unaufgeregtes Glück / Martin

Rase viel zu schnell die Hügel von Manilva runter, liege aber gut in den Kurven mit meiner Harley. Rauf auf die carretera[87] in Richtung Estepona - San Pedro. Nach ca. 30 km, Abfahrt auf die A7175 nach Benahavís. Von der vielbefahrenen Schnellstraße A7 am Wasser, der alten N340, nur ein kurzes Stück ins Hinterland. Man fährt durch eine Schlucht, wo sich unten der Rio Guadalmina durch Felsbrocken schlängelt. Jetzt im Mai blüht überall der wilde, rosafarbene und weiße Oleander. Ich halte an, parke die Maschine in einer Einbuchtung am Rande der Straße und turne zum Wasser runter. Setze mich auf einen Felsen, ziehe die Schuhe aus und lass mein Füße vom kalten Gebirgswasser umspülen. Die wilde, ungebrochene Landschaft lässt eine unaufgeregte Glückswelle durch meinen Körper fließen. Schließe die Augen, höre nur das Wasser und Vogelstimmen. Als meine Augenlider sich wieder nach oben bewegen, weiß ich nicht wie lange ich hier völlig versunken gesessen habe und warum ich überhaupt hier bin. Ach ja, ich will nach Benahavís, ich muss Viola sehen. Zufrieden und aufgelöst klettere ich leichtfüßig zur Straße hoch. Bevor man in den kleinen Gebirgsort Benahavís hineinfährt, geht es rechts runter direkt zum arroyo (Flüsschen, Bach) Gualdamina. Ganz besonders in Andalusien begegnet man noch der Zeit der Mauren. Viele Worte

haben ihren Ursprung aus dem Arabischen. Bena -
hijo = (Sohn) / a-de= (von) / Havís (ist der Vater-
name) Bena a havís / Sohn von Havís.

Eine schmale Piste führt durch eine flache Stelle über
das schnell fließende Wasser des Guadalmina direkt
zur alten Finka von Lulu, bei der Viola lebt und ihr
Atelier hat. Ich stelle mein Motorrad ab, gehe auf eine
kleine Anhöhe und schaue direkt auf den Vorplatz des
etwas in die Jahre gekommenen Anwesen. Viola steht
barfuß in abgeschnittenen kurzen Jeans, mit Farben
bekleckertem, mal weiß gewesenem T-Shirt vor einer
Staffelei. Ihre wilden Locken sind versuchsweise unter
einem Strohhut versteckt. Ich kann nicht erkennen,
was genau auf der Leinwand entsteht , sehe aber viel
Blau. Viola hält mindestens fünf Pinsel wie einen Fäch-
er in ihrer linken Hand, in der rechten einen breiten
Spachtel. Sie tritt drei Schritte zurück, um das unvoll-
endete Werk mit Abstand zu betrachten. Ich hingegen betrachte die Natürlichkeit ihrer Bewegungen,
kann mich an ihren Beinen gar nicht sattsehen, die he-
rauswachsen aus dieser knapp unterm Po abgeschnittenen ausgefransten Jeans. In diesem Moment ertönt
Tangomusik aus dem Haus und ein sehr attraktiver,
schlanker Typ tritt vor die Tür. Er hat ziemlich lange
schwarze Haare, die im Nacken zusammengehalten
wie ein Pferdeschwanz, ihm zwischen seinen Schultern herunterfallen. Mit zwei Kaffeebechern schreitet
er tänzerisch auf Viola zu und reicht ihr einen davon.

Sie nehmen ein paar Schlucke, stellen die Becher dann auf einem kleinen Tisch ab. Täusche ich mich, oder lächelt sie ihn strahlend an? Er umfasst ihre Taille. Viola stellt sich auf Zehenspitzen, legt einen Arm um seinen Hals, seine Hand rutscht etwas höher und dann bewegen sie sich zur Musik. Mein Gott, sie tanzen Tango, als hätten sie nie etwas anderes getan. Viola dreht sich aus seiner Umarmung raus, läuft ins Haus und kommt auf hohen offenen Tanzschuhen wieder zu ihm. Natürlich kann sie barfuß auf Steinfliesen nicht so wirklich die „Ochos"[7] drehen. Jetzt geht es aber richtig leidenschaftlich und gefühlvoll mit den beiden los. Viola hat die Augen geschlossen und wirkt hingebungsvoll, fast entrückt. Er ist ein großartiger Tänzer. Mir schießt es durch den Kopf, *so kann man nur miteinander „eins sein", wenn man bereits miteinander geschlafen hat.* Mir fällt sofort ihr Satz wieder ein, den sie an unserem ersten Zusammentreffen in der Bodega sagte – *bevor ich mit dir schlafe, muss ich mit dir tanzen, ich will deinen Rhythmus spüren.–* Claro, er ist sicher der Künstler aus Argentinien, mit dem Viola die Ausstellung in Málaga haben wird. Die Musik hat aufgehört, die beiden verharren noch einen Moment bevor sie sich aus ihrer Umarmung lösen. Er umfasst wieder zärtlich ihre Taille und sie treten gemeinsam vor die Staffelei. Ich schaue ungläubig auf dieses Szenenbild. Plötzlich wendet Viola ihren Kopf nach rechts und schaut zu mir hoch: „Komm gerne näher Martin, ich habe dich längst gesehen," ruft sie. *Wie das? Ich bin fast erschrocken.* Ich stolper den kleinen Hügel zu ihr hinunter. Umarmung, beso[5] rechte Wange, beso linke Wange. Sie stellt mir den Langhaarigen als Miguel aus Buenos Aires vor, legt ihre Hand an meine Schulter, sagt: „Miguel, das ist Martin, der Manilva-Wein-Experte, wir beide stammen aus Hamburg, sind zusammen zur Schule gegangen. Ich habe dir von unserem zufälligen Wiedersehen erzählt." Miguel und ich reichen uns die Hand. Seine ist sehr schlank und feingliedrig. Er hält meine für einen Moment länger fest, zeigt ein strahlendes Lächeln und meint: „Hast du ein Glück amigo" *Wie soll ich das jetzt verstehen, nach dem Tanz von den beiden?* Viola sieht mich an, schaut mir tief in die Pupillen, quasi durch sie hindurch direkt in mein männliches Gehirn, oder in das, wofür ich es halte. Sie kann meine Gedanken lesen, ganz sicher auch meine Gehirnströme manipulieren. Mir wird ganz heiß. Schweiß rinnt mir bis in die Kimme den Rücken hinunter. Es ist unfassbar, was diese Frau mit mir macht. Meine gewohnte Selbstsicherheit scheint sich gerade in Luft aufzulösen. Miguel geht ins Haus, kommt mit kleiner Tasche und klappernden Autoschlüsseln zurück. Verabschiedet sich von mir, umarmt Viola, läuft zu ihrem Fiat Panda und ruft noch: „Bin Morgen Mittag zurück." Viola meint zu mir: „Er muss nach Málaga, es gibt noch Einiges mit der Galeristin zu regeln. Er ist ausgesprochen hilfsbereit und ein sehr guter Freund." *Mehr als ein sehr guter Freund?* zuckt es mir durch den Kopf. Viola ergreift meine Hand, zieht mich ins Haus und sagt ganz unbefangen: „Schön, dass du da bist Martin, ich kann jetzt mal gut eine Pause von Pinsel und Farben einlegen. Komm, ich zeige dir Lulu's alte Finka."

Wenn sich Mars und Venus gegenüberstehen

Jemanden Wunderbares treffen kann Zufall sein. Aber diesen Jemand treffen und bereits Vieles von ihm zu wissen, ist ein Zeichen, ist Vorherbestimmung.

Viola zeigt Martin die Räumlichkeiten der Finka von Lulu. Bei diesem, von außen erscheinenden etwas runtergekommenen Gebäude, glaubt man kaum, unten so einen großen offenen Raum zu betreten. In der Mitte steht ein rustikaler Natur-Holztisch mit 12 unterschiedlichen Stühlen. Alles andere ist modern. Küche, Kamin, viele Bücherwände, gemütliches Kuschelsofa. Das alles gefällt Martin. Sie steigen die im Bogen verlaufende Holztreppe hoch in Violas Reich. Man fühlt sich sogleich in eine andere Welt versetzt. Nach Marokko, Indien? Einige stehende, sitzende, liegende Buddhafiguren lächeln Martin an. Durch die vielen Fenster erscheint alles in einer hellen Leichtigkeit. Auch hier oben gibt es kaum Wände. Der Raum ist unterbrochen durch vier kantige Holzsäulen. Rechts um die Ecke schaut man auf Violas riesiges Schlafgemach, geschützt durch ein vom Deckenbalken fallendes Moskitonetz. *Wie einladend* denkt Martin, nimmt Viola in seine Arme und sagt: „Warum habe ich dich hier in Andalusien nur nicht viel früher wiedergefunden, was wären das schon für wunderbare Zeiten gewesen mit uns. Jetzt gehen wir stramm auf die 50, da bleibt ja nicht mehr so viel." Viola legt ihm einen Finger auf den Mund: „Nicht an früher oder später denken, wir leben in diesem Moment und nur das zählt und ist wunderbar. Denke an deine ersten Worte an mich bei Carmen und Antonio --dies ist der Anfang von der Ewigkeit-- und rühr dich nicht von der Stelle, besser du machst es dir auf meiner Spielwiese schon mal gemütlich, bin gleich wieder hier." Sie verschwindet ins Bad. Martins Denkapparat stellt die Arbeit ein, automatisch streift er seine Schuhe von den Füßen, die vor kurzem noch im Rio Guadalmina geplätschert hatten. Schuhe, Jeans und T-Schirt liegen ganz unschuldig auf den Holzdielen. Er muss eine Weile den Eingang des Moskitonetzes suchen, um sich mit einer langen Ausatmung genüsslich auf dem nicht gerade sehr weichen Lager auszustrecken. Es riecht nach Sandelholz, oder Vanille, Zimt, Jasmin? Sehr sinnlich, Martin schließt die Augen.

Viola kommt zurück nur in ein kurzes, leichtes Tuch gehüllt. Sie öffnet das Moskitonetz und betrachtet Martin. Sie mag seinen, nicht gerade wie ein Bodybuilder aussehenden, doch schönen muskulösen Körper, besonders seine Arme. Liebt es, ihn in seiner nackten Männlichkeit anzuschauen, wenn sie sein Verlangen spürt. Tiefgreifende Gefühle überfallen sie. Ihre erste Begegnung in der Bodega, als seine Hände ihren Po, ihre Taille berührten. Er ihre Hände in seine nahm. Diese Bilder und Empfindungen erscheinen ihr immer wieder. Gleichzeitig ohnmächtige Unsicherheit, weil alle Dinge doch vergänglich sind. Es gibt keine Gewissheit, nur die, zusammen jetzt hier zu sein. Jeweils den Herzschlag des anderen an der eigenen Brust zu spüren; doch hängt die Zukunft an einem seidenen Faden.

Que es - Que vendrá

Cuando estas conmigo, todo es muy ligero
Quiero cantar contigo, bailar, embriagarme de vida
Quiero nadar contigo en océanos, escalar montañas
Caminar por selvas, escuchar la naturaleza
Besarte hasta que anochezca
Deseo a menudo estar en tus brazos
Estas de pronto tan cerca de mi – pero no aqui
Solo por muy poco tiempo – pero son maravillosos
Dame tu tranquilidad,
para que el miedo de perdernos en mi desaparezca

Was ist - Was kommt

Wenn du bei mir bist, ist alles ganz leicht
Will mit dir singen, tanzen, mich am Leben berauschen
Will mit dir im Ozean schwimmen, auf Berge steigen
Durch Urwälder laufen, der Natur lauschen
Dich küssen bis die Sonne untergeht
Mir ist so oft, als würde ich in deinen Armen liegen
Du warst mir dann so nah – aber nicht da
Nur für sehr kurze Zeiten – doch diese sind wunderbar
Gib mir deine Ruhe, damit die Angst von mir abfällt,
uns zu verlieren

Viola umklammert die Flasche Lavendel-Massageöl,
welche sie aus dem Bad mitgenommen hat, sagt leise:
„Mi amor a ti – My love for you." Martin öffnet die
Augen und lächelt: „Te quiero mi amor, nimm den
Fummel runter und komm her. Ich will alles." „Du
kriegst alles, aber zur Einstimmung erstmal eine kleine Tantra-Massage." In ihren Augen erscheint Martin eine Sehnsucht, für die er keine Worte findet. In
welche Sphären entgleitet sie ihm manches Mal, in
die er ihr nicht folgen kann? Dann hört er nur noch
leise indische Musik und spürt Violas Hände sanft auf
seinem Körper. Martin weiß, mit ihr hat er ein völlig
anderes Zeitgefühl. *Doch die Zeit fließt so schnell und wir
mit ihr fort. Nur zusammen können wir für uns die Welt*

anhalten. Er lässt sich tief fallen. Nach einer Weile genießen flüstert er: „Woher kannst du das? Es tut gut." Viola: „Habe ich in Indien gelernt." Bevor er völlig entschwebt und sich auflöst meint er leise: „Kann ich jetzt wieder auf der Erde landen?" Setzt sich auf, legt sie sanft auf den Rücken. Er hält ihr wildes Haar zurück, was sich kaum bändigen lässt, um lange die Architektur ihres Gesichtes zu betrachten. Er mag ihre Nase, ihren Mund, der häufig mit ihren strahlenden Augen um die Wette lächelt. Das willenstarke Kinn. Er streicht mit einem Finger über ihre Augenbrauen, den Nasenrücken, die Konturen ihres Mundes, hoch zu den Wangenknochen, bedeckt ihr Gesicht mit zarten Küssen. Martin schließt seine Augen und erforscht wie ein Nichtsehender ihren ganzen nackten Körper mit seinen Händen und der Zunge. Durch Viola geht ein Schauer. Er nimmt ihre Füße jeweils in eine seiner Hände, sanft massiert er sie ein wenig. Führt sie zum Mund und küsst diese, dabei schaut er Viola jetzt an, beugt sich über sie und dringt ganz langsam in sie ein. Anfangs fast schüchtern bewegt Viola ebenfalls ihr Becken. Martin spürt, *beide sind im Einklang, im gleichen Rhythmus.* Innere Bilder steigen in ihm auf. Seine Gedanken bewegen sich auf mehreren Ebenen. Er will seinen Höhepunkt hinauszögern. *Wieso denke ich jetzt an Tango, den ich gar nicht tanzen kann. Noch nicht! Mit ihr zusammen kann ich alles.* Dann endlich, gemeinsame Erfüllung wie ein Orkan aus-

bricht. Martin beschert Viola noch einige „Kleine"
hinterher. Viola nennt diese Orgasmen „Nachwehen"
natürlich viiieel schöner. Viola überfällt eine Sehnsucht nach Unendlichkeit. Am liebsten würde sie
weinen, weil sie übervoll von diesen großen Glücks-
gefühlen ist. Sie bleiben noch eine ganze Weile etwas
verknotet und verschwitzt liegen, bis sie sich lachend
auseinander rollen. Ein letzter Kuss. Sich bei den
Händen halten. ! Stille ! Viola fühlt so oft, dass ihre
Liebe zueinander ganz besonders, gleichzeitig tief
und einsam ist.

Deja éste momento sea una eternidad

Amo la melancolía, la tristeza
Cuando el momento se esfuma
Quisiera congelar el tiempo
Eternizar el presente
Éso que ocurre no se puede detener
Esta perdido por siempre
Al mismo tiempo estoy muy feliz
De poder vivir ése momento
Cuando desee, puedo retomar
Los recuerdos y sentimientos
Pues nunca serán verdaderamente pasados

Lass diesen Moment ewig sein

Ich liebe die Melancholie, die Traurigkeit
Wenn der Moment vorbei ist
Will die Zeit einfrieren
Den Augenblick für die Ewigkeit
Das, was gerade geschieht
Sich nicht festhalten lässt, für immer vorbei ist
Gleichzeitig macht es mich glücklich
Diesen besonderen Moment zu erleben
Wenn ich will
Kann ich alle Bilder und Gefühle zurückholen
Weil Vergangenes niemals vergangen ist

Wie eine Frau schonend ins Off befördern? / Martin

Ich sage manchmal Sachen, welche mir hinterher schon mal leid tun können. Will aber nichts erklären, dann hätte ich es ja gleich anders ausdrücken können. Worte kommen einfach über meine Zunge, ich höre sie, als stünde ich neben mir. Als würde gar nicht ich derjenige sein, der dies gerade sagt. Später denke ich doch darüber nach und somit kommt es, dass ich mich auch mal entschuldige, wenn nötig. Dann verfluche ich mein loses Mundwerk. In anderen Situationen zuckt es in meinen Händen. Würde ich manchen Frauen, also auch fremden, gerne mal an den Po fassen. In Bruchteilen von Sekunden trennt sich mein Kopf vom Rest des Körpers. Also mein Gehirn vom Bauch, bzw. meinen Händen, welche ohne bewussten Willen gerne agieren würden. Was ich natürlich verhindere und belasse es beim Zucken der Finger. Wobei man ja längst weiß, dass der Bauch das wichtigere, das ausschlaggebende Gehirn ist. Das bisschen Grütze im Kopp, klar hat natürlich tolle Funktionen mit den ganzen Synapsen und so, kommt aber mit der Sensibilität des Bauchgehirnes nicht mit. Es gibt keine Konkurrenz zwischen den beiden, sie benötigen sich gegenseitig. Bin ja kein Gehirnforscher, wäre aber eine interessante Materie, mit der ich mich mal näher beschäftigen sollte. Ich glaube, Viola hat das mit dem

Bauch super drauf. Ihr Bauchgehirn sagt ihr die Wahrheit und sie vertraut ihm, da braucht ihr Kopf die
Dinge gar nicht wissentschaftlich zu erklären. Jetzt
allerdings habe ich ein großes Problem, welches ich
nur mit meiner Ratio, dem Kopf lösen kann. !!Paqui!!
Seitdem ich das erste Mal mit Viola zusammen war,
konnte und will ich nicht mehr mit Paqui schlafen
Ich muss mir meine Worte, bevor ich mit ihr spreche, genau überlegen. Wie ich sie ohne verbale Verletzungen ins Off befördern kann. Schlechte Energie
macht sich bereits seit Tagen und Nächten zwischen
uns breit. Paqui spürt meine innere Unruhe. Frauen
haben ja den 6. oder sogar 7. Sinn. Und ich spüre, dass
sie mir den Wind aus den Segeln nehmen will.
Heute Morgen stehe ich recht früh auf, bin in bester
Stimmung, denn wir haben Donnerstag, Estepona-
Tag. Nachdem ich bei Viola in Benahavís war, treffen
wir uns wieder jeden Donnerstag Nachmittag -en el
Chiringuito- am Strand und verbringen die Nacht in
„Elviras Pension". Bei Viola war es natürlich viel ro-
mantischer; doch Lulu ist aus Madrid zurück und wir
zwei werden uns erst zur Vernissage kennenlernen.
Das ist Viola lieber so. Bei mir ist ja auch demnächst
wieder Freiheit und Frieden im Haus. Habe jetzt bereits Kaffeeduft in der Nase. Ich tänzel leichtfüßig
vom Bad über die Diele Richtung Küche, nur mit
einem Hadtuch um die Hüften. Träume noch gerade
davon, als Viola und ich das letzte Mal unter der

Dusche......! Ein wohliges Gefühl durchflutet meinen Körper. Erschrocken merke ich wie mein Begehren groß wird. Oh nee, kleiner Martin, nicht jetzt! Paqui kommt gerade aus dem Schlafzimmer, sie würde dies völlig falsch verstehen und auf sich beziehen. Zu spät! Sie sieht mich, geht auf Angriff über und zeigt mit dem Finger auf mein Handtuch: „Ach du bist ja doch noch nicht aus der Übung, lässt du mich an deiner Freude teilnehmen?" Meine gute Stimmung ist dahin, was den Vorteil hat, mein Handtuch fällt wieder im freien Fall an mir runter. Aber Paqui gibt noch nicht auf. „Sei ganz locker Martin, mach doch von deinem Standbein mal ein Spielbein." Dabei zog sie hinter ihrem Rücken eines von ihren roten Spitzenhöschen hervor und wedelt damit frohlockend vor meiner Nase herum. *Wie soll ich es ihr nur beibringen, das kann kein gutes Ende nehmen.* Ich halte sie an den Schultern fest, etwas zu fest und sage forsch: „Nimm das Ding von meiner Nase weg, ich mag diese roten Teile nicht." Paqui: „Gut, dass wir darüber sprechen, ich habe auch welche in schwarz." Martin: „ Kaffee ist fertig und Rosa brutzelt mir schon Eier mit bacon." Paqui: „ Weißt du was? Du gehörst in ein Heim für durchgeknallte Ehemänner," und stampft wütend ins Bad. Tja, wie kriege ich diese Nummer noch gütlich und vernünftig hin? Mit Vernunft kann ich bei Paqui schon gar nicht punkten. Bei Viola kann ich mir auch schlecht Rat holen. Sie sagt zwar nichts Negatives zu meiner prekären Lage, findet es aber unfair Paqui gegenüber mit ihr nicht Klartext zu reden. Deshalb findet Viola es auch etwas kurios als ich bat, wenn sie mich abends zuhause anrufen möchte, soll sie bitte zweieinhalb mal klingeln lassen, dann rufe ich zurück. Ich werde es genau Morgen Abend klären. Jetzt will ich zu Rosa in die Küche und schnell frühstücken, bevor Paqui aus dem Bad kommt. Dann habe ich einen Termin mit einem Biobauern in Ronda. Eine interessante Idee für mich. Ich kam rechtzeitig los, ohne Paqui noch zu begegnen. Rosa war bereits ins Büro rübergegangen. Wir besprachen noch einige Details. Dann flitzte ich schnell los. Rosa winkte mir fröhlich zu und sagte: „ Nur Mut Martin." Wobei mir nicht eindeutig klar war, ob sie unsere neue Geschäftsidee meint oder die Verabschiedung von Paqui. Ich weiß, dass sie Paqui nicht mag.

Nach einem wunderbaren Estepona-Donnerstag mit Viola, war ich mir mit meinem Entschluss ganz sicher. Ich muss es Heute am Freitag durchziehen. Am frühen Abend lege ich CD´s und Bücher von Paqui demonstrativ auf den großen Holztisch, dazu eine Flasche tinto und schenke zwei Gläser halb voll ein. Dann lege ich eine von meinen Soulplatten auf, nehme mir ein Glas Rotwein und gehe raus auf die Terrasse. Es ist Anfang Juni, seit drei Tagen ist es wärmer geworden, nachmittags 31°. Der ganze Mai war ungewöhnlich kühl, nur so um 24° am Tage, morgens und abends noch richtig frisch. Erinnert mich an deutsche Temperaturen. Der Klimawandel hat sicher noch bösere Überraschungen im Gepäck. Es ist 19:30 Uhr ich höre das Auto von Paqui. Sie ist in Marbella in einer Boutique beschäftigt. Diese Woche braucht sie nicht bis 22:00 Uhr zu arbeiten. Paqui steht jetzt unschlüssig am Holztisch, schaut auf ihre CD´s und Bücher, dann nimmt sie sich das Glas Rotwein und ruft zu mir raus: „Hola Martin, gibt es was zu feiern?" „Wie man´s nimmt," sage ich, „ich möchte ganz in Ruhe und Freundschaft etwas mit dir besprechen...." Sie unterbricht mich ganz nach spanischer Art: „In Freundschaft? Ich wollte dich schon längst mal freundschaftlich fragen, wo du eigentlich seit einiger Zeit jeden Donnerstag Abend und die Nacht verbringst?" Ich beantworte ihre Frage nicht, sondern sage: „Was das Feiern betrifft, ich möchte das Zusammenleben in meinem Haus, also unsere intime Beziehung beenden. Ich habe meine große Liebe gefunden und wäre dir sehr dankbar, wenn du bitte in den nächsten Tagen mit deinen Sachen wieder ganz und gar in deine Wohnung nach San Pedro umsiedelst." Paqui: „Aha, dachte ich es mir doch, du hast eine neue Flamme und nun soll meine Nachfolgerin Übermorgen hier einziehen?" Ihre Stimme überschlug sich. Ich wusste, dass es genau so ablaufen würde. Ich machte noch einen Versuch und sammelte mich *Martin, in der Ruhe liegt die Kraft* „Ich müsste dir das nicht beantworten, ob Viola hier einzieht. Also nein, sie wird nicht, sie bleibt in ihrem eigenen Zuhause, wo sie auch ihr Atelier hat." Paqui: „Ach Viola, ist das nicht die deutsche Malerin? Die ist in Marbella in den Galerien und großen Hotels sehr bekannt. Ist eigentlich ganz nett und symphatisch." Ich ganz ruhig weiter: „Für mich ist sie eben viel mehr als das. Ich will nicht weiter zweigleisig fahren, das ist mir in den letzten Tagen ganz klar geworden. Paqui wir hatten eine schöne Zeit, dass das mit uns nicht für die Ewigkeit sein würde, ist uns beiden doch klar gewesen!" Paqui: „So ist es das? Ich war also ein passender Spaß auf Zeit für dich, besser als gar keine Frau, sozusagen Hohlraum-Stopfmaterial. Allerdings austauschbar, weil nur zweite Wahl!" „Paqui ich versteh, dass du enttäuscht und verletzt bist, ich möchte nur ehrlich zu dir sein. Du hast doch genügend Erfahrungen und weißt, das Leben bringt Veränderungen mit sich. Manchmal erwischt es dich ungeplant und du bist derjenige, der eine Entscheidung treffen muss." Paqui keift: „Ja und einer ist der Verlierer, so wie ich mal wieder! Als ich meine Bücher und CD´s da habe liegen sehen, war mir noch nicht ganz klar was hier läuft. Soll ich jetzt sofort meine Klamotten packen und verschwinden und eine letzte Nacht auf dem Sofa schlafen?" Ich bleibe ruhig: „Nein, natürlich beides nicht, nimm dir die Zeit die du brauchst. Wir können zum Hafen runterfahren, Fisch bei Pepe essen und in Ruhe reden." Paqui: „Danke, den toten Fisch iss man alleine, mir reicht das hier!" Sie nahm die Flasche Rotwein vom Tisch und marschierte im Stechschritt in Richtung Küche. Ich dachte *Aha, 1. Akt, der Vorhang fällt. Hätte schlimmer kommen können. Das habe ich schon mal geschafft.* -Dachte ich- fuhr alleine los, um bei Pepe Fisch zu essen. Ich fühlte mich beschwingt und frei, stellte das Autoradio an, es lief der Sommerhit vom letzten Jahr. -Despacito-[8] ich sang den ganzen Text mit und dachte nur an Viola. -Despacito- Habe mich lange mit Pepe verquatscht, mochte gar nicht an mein schönes breites Bett denken, welches ich hoffentlich nur noch eine letzte Nacht darin mit Paqui verbringen werde. Ich hätte es so gerne heute ganz für mich alleine. Ziemlich spät war ich wieder oben in der Finka. Im Schlafzimmer war noch Licht. -Mist- ich dachte Paqui schläft schon. Nee, sie lag auf dem großen Bett auf ihrer Seite, sah ziemlich maulig aus und starrte an die Decke. „Buenas noches[9], du schläfst ja noch gar nicht." Paqui: „Das hättest du wohl gerne." Ich leise: „ehrlich gesagt, ja." Lege mich in Boxershorts sachte auf meine Bettseite, ganz an den äußeren Rand. Wir liegen wie zwei Zuckerrohrstangen. Zwischen uns hätten noch zwei Kinder, ein Hund und eine Katze Platz. Mein linker Arm rutscht von der Bettkante runter, die Erdanziehung lässt ihn nach einer Weile schwer werden. Ich spüre, wie mir das Blut in die Hand läuft, der Arm kribbelt und schläft mir ein. Mit der rechten Hand hieve ich ihn wieder hoch und klemme die Hand vorne in mein Hosengummi. Paqui unverhältnismäßig laut: „Lass mich das doch machen!" Was denkt sie will ich ma.... In diesem Moment schmeißt sie sich auf mich, ich bin bewegungsgehemmt durch meine linke Hand in der Hose. Die Frau hat Gewicht. Sie hat so einen kämpferischen Blick, so etwas Nordisch-Brunhilde-Mäßiges. Ich sehe wilde rote Haare, oder ist das schon wieder eines von ihren Spitzenhöschen? Irgendwie schießen mir die Worte -Germanischer Lloyd- durch den Kopf. Ihre Brüste hängen mir in den Augen. Ich versuche mich mit einer Hand zu befreien, ihren Körper von meinem zu rollen, um mal nach Luft zu schnappen. Ohne Erfolg! Gedämpft hören sich meine Worte zwischen ihren Titten an (waren die immer schon so mächtig?): „Was soll das hier werden? Wie vergewaltige ich einen Mann?" Sie rutscht von mir runter und ruft triumpfierend: „Ich wollte nur Erste Hilfe leisten, als ganz persönliches Abschiedsgeschenk." Mein Kommentar: „Aha, geht's dir jetzt besser? Da hatten wir schon geschmeidigere Bewegungsabläufe." Sie legt sich auf den Bauch, dies ist ihre Einschlafstellung. Ich nehme meine Decke und verzieh mich in den Salon auf's Sofa. Dies war der 2. und letzte Akt, der Vorhang fällt.

Meine Gedanken bevor ich einschlafe *vor Gretra gab es andere Frauen, nach Greta gab es Spanien. Mit Paqui ist Ende! Ich kann doch nicht ewig nach der richtigen Frau suchen. Jetzt will ich nur noch Viola!!*

Vernissage

Lulu, die eigentlich Luisa heißt, ist seit drei Tagen aus Madrid zurück. Dies ist sehr beruhigend für Viola, die vor einer Vernissage immer schrecklich nervös ist. Nächtelang schlecht schläft und vor diesem Mal schon gar keinen Kopf für Martin hat. Er fragte dann nur noch vor einer Woche, ob er auch zur Eröffnung erscheinen darf und gibt es Bekleidungsvorschriften? Viola meinte: „Bist du verrückt?" Natürlich möchte sie, dass er kommt und in welcher Aufmachung ist ihr völlig wurscht. „Kennst mich doch, meinetwegen auch als Tarzan." Ganz wichtig ist ihr bei der Gelegenheit, dass Lulu und Martin sich endlich kennenlernen.

Am Donnerstag, den 14. Juni fahren Viola und Lulu im Panda um 16:00 Uhr nach Málaga. Miguel ist bereits drei Stunden früher mit dem Jeep von Lulu und dem letzten, noch feuchten Gemälde hingefahren. Als die zwei Mädels in der Galerie ankommen, ist alles bereits perfekt. Élena und Miguel stehen inmitten aller Werke und erheben gerade ihr Sektglas, als Viola und Lulu Arm in Arm hereinspazieren. Schnell werden noch zwei Gläser gefüllt und sie wünschen sich alle „Salud y mucho exito"; dann gehen sie gemeinsam durch die beiden Räume und betrachten alle Werke, Bilder von Viola und Skulpturen von Miguel, die trotz ihrer Unterschiedlichkeit gut harmonieren. Ein Raum ist nur dem Thema „Tango Argentino" gewidmet.

Ganz leicht fällt es Viola nicht, manche ihrer Arbeiten mit dazugehörenden Gedichten öffentlich zu präsentieren. Am Sonntag macht sie hier zusätzlich eine Lesung. Rundfunk und Telvision werden anwesend sein. Auch Heute Abend ist die Presse dabei. Élena wird hektisch. Es ist bereits 19:00 Uhr das Büffett wird angeliefert und aufgebaut. Der Pianist und die Sängerin wollen auch schon mal einen Soundcheck machen. 20:00 Uhr, die ersten Gäste sind da. Viola und Miguel haben sich in das Büro von Élena verzogen. Als sie nach 20 Minuten wieder erscheinen, sind bereits allerhand bekannte Gesichter, interessierte, wichtige und unwichtige Leute da. Élena steht schon am Mikrofon, bereit für ihre kleine Ansprache und winkt Viola und Miguel zu sich. Sie stellt die beiden Künstler vor, geht auf Besonderheiten ihrer Arbeiten ein und ist zu jeglichen Fragen als Ansprechperson gerne bereit. Natürlich können auch Viola und Miguel über Themen und Techniken ihrer Werke Auskunft geben, soweit sie dies im Detail möchten. Dann spielt der Pianist, ein Argentinier und Freund von Miguel, einen Tango. Danach trägt die Mexikanische Sängerin zu seinem einfühlsamen Spiel zwei Balladen vor. Ein sehr schöner Auftakt dieser Abend, finden Lulu und Viola. Sie schauen sich beide, nach der musikalischen Einstimmung die Auflösung der Besucher an, wie diese sich langsam in den zwei Räumen verteilen. Einige stehen auch schon mal gleich am Büffett. Lulu fragt: „ Wo bleibt er denn, oder wandelt er hier schon umher?" „Tja", meint Viola, „weiß ich auch nicht. Ah, da ist Martin ja gerade am Eingang." Lulu setzt ihre Brille auf: „Wie bitte, das ist Martin?" Viola strahlt. Er kommt mit einem Dreitagebart auf sie zu. So hat sie ihn noch nie gesehen. Er trägt eine knackige, hell gewaschene Jeans, weißes Leinenhemd mit halbem Arm und Stehkragen, ein paar Knöpfe am Hals geöffnet und darüber eine kurze, (wohl bereits oft getragene) naturfarbene, weiche Wildlederweste. Viola erfasst dies alles auf einen Blick. Martin erscheint ihr wie ein Abenteurer. Mit seinem schlacksigen Gang wirkt er gelassen und strahlt gleichzeitig Entschlossenheit aus. Geschmeidig wie ein Raubtier in der Savanne geht er ihr entgegen. *Oje, was löst dieser Mann bloß in mir aus, solche Gefühle habe ich noch nie gespürt.* Es wird Viola ein wenig schwindelig. Sie umarmen sich und küssen sich ganz ungehemmt auf den Mund. „Schön, dass du da bist," sagt Viola, „bevor du vielleicht erst einmal alleine dir alles anschaust, möchte ich euch bekannt machen." Viola ergreift Lulu´s Hand, die bereits neben den beiden steht. Martin lächelt Lulu an: „Ah, hola Lulu, du bist also die Herrin der Finka von Benahavís, ich nehme an auch die engste Vertraute von Viola. Freut mich sehr, dass wir uns endlich kennenlernen." Er fasst sie bei den Schultern mit herzlicher Begrüssung (ganz Spanisch) beso auf die jeweils rechte Wange des anderen. Lulu lacht fröhlich: „Ja endlich wirst du auch für mich Realität nach all den Lobgesängen von Viola, du Eroberer. Wie hast du das geschafft? Bleib dran amigo!" Élena kommt hinzu, begrüßt Martin und zieht Viola mit sich: „Ich brauch dich bei einem wichtigen Verkaufsgespräch." Lulu fragt Martin, ob sie beide gemeinsam rumgehen wollen. Das Angebot nimmt er gerne an. Von dem Bild „Götterdämmerung" kann er sich gar nicht losreißen. Lulu macht ihn auf den roten Punkt und den Preis (4.000,- Euro) aufmerksam. Martin hebt den Daumen und pfeift durch die Zähne. „Sie wollte es eigentlich gar nicht hängen," sagt Lulu. Auch einige großformatige Porträtzeichnungen und vor allen Dingen die Tangobilder haben es Martin angetan. Er will unbedingt eines besitzen, tut sich schwer eine Entscheidung zu treffen, welches es sein soll. Lulu meint, er sollte zwei bis drei Werke in die engere Wahl nehmen. Wenn er etwas risikofreudig sei, die ganze Ausstellung abwarten und nach vier Wochen dann von Viola privat kaufen. Wird 40% günstiger. „Hm," meint Martin, „und wenn meine Favoriten dann weg sind?" „Na eben Risiko," flüstert Lulu. Viola und Miguel kommen eingehakt zu den beiden. Sie freut sich ganz offensichtlich: „Élena ist super, eine Plastik von Miguel hat sie nach Madrid und eine nach London veräußert. Von mir sind vier Arbeiten weg." So gut ist es bei einer Eröffnung noch nie gelaufen und es sind immer noch interessierte Besucher da. „Ich freu mich für euch," sagt Martin und zu Miguel gewandt, „darf ich mir Viola von dir mal ausleihen für einen fachkundigen Rundgang?" „Selbstverständlich amigo," Miguel löst Violas Arm aus seinem und galant wie ein Tänzer reicht er ihre Hand an Martin. Viola ergreift Martin´s Hand, der deutet eine leichte Verbeugung an und sie gehen zu den Tangobildern. Martin verweilt lange Zeit vor zwei Werken. Das eine zeigt die Szene in einer Kneipe oder einem Bordell von La Boca, dem Hafenviertel von Buenos Aires, dort wo der Tango Anfang des 20. Jahrhunderts entstanden ist. Auf der Darstellung spürt man richtig den Dunst, der schwer im Raum hängt und nimmt den süßen Geruch von Bier wahr. Auf einem Schemel sitzt ein Bandoneonspieler, zwei Huren sitzen an der Bar, Männer mit Hüten, davor ein Tango tanzendes Paar. Der Tango kann sehr viel ausdrücken. Damals erzählten die rüden Texte vom Leben hier. Armut, Verlust, enttäuschte Liebe. --Traurige Gedanken im Tanz ausdrücken-- Auch natürlich von Liebe, Leidenschaft, Erotik. Der Tango ist ja längst gesellschaftsfähig geworden und in Europa gibt es doch in fast allen größeren Städten Tango-Tanzschulen. In Hamburg, weiß Viola, gibt es eine richtige Tangoszene mit vielen Anhängern. An Wochenenden geht man zur Milonga, wie in Argentinien. Milonga heißen die Tanzveranstaltungen. Auch ist der Milonga ein schneller, folkloristischer Tanz, den man in Buenos

Aires auch gerne auf den Straßen tanzt, z.B. am Sonntag auf der Plaza Dorrego, im Stadtteil von San Telmo. Wo um den Platz herum die Bars geöffnet haben. Das zweite Bild, eine für Martin interessante Darstellung, zeigt ein tanzendes Paar aus heutiger Zeit. Sehr erotisch. Martin hört richtig die laszive Musik vom Spiel des Bandoneon, einer Geige oder einem Piano. Die Frau trägt ein ein knallrotes, enges Kleid mit Schlitz bis ganz über den Oberschenkel hinauf. Martin meint Viola darin zu erkennen. Er, der Tänzer, pechschwarze Haare, tiefer Haaransatz, streng nach hinten gegeelt. Er trägt ein weißes Hemd, enge schwarze Hose mit Hosenträgern. Beide sehr schlank und biegsam. Ihre Tanzstellung ist anmutig, gleichzeitig fordernd, fast akrobatisch. „Na, so versunken Martin?" spricht Viola ihn von der Seite an. „Ja,ja, ich bin fasziniert und kann mich nicht entscheiden, welches ich nehmen soll," sagt er ganz verträumt. Viola klebt auf beide einen roten Punkt und sagt sehr bestimmt: „Dein Bauch hat dir die Entscheidung abgenommen. Ich schenke sie dir, kläre das mit Élena und du hast jetzt nichts zu sagen." Martin protestiert: „Das kommt überhaupt nicht in frage. Ich weiß von Lulu wie sich das üblicherweise in Galerien mit den Preisen verhält, aber lass die Punkte mal drauf." Viola meint: „Vielleicht möchtest du noch zu einem Bild eine Interpretation von mir haben oder Fragen beantwortet wissen. Allerdings ist es mir

lieber, wenn der Betrachter seine eigenen Empfindungen oder Meinung dazu sagt, ohne meinen Einfluss."
„Ja also die Porträts finde ich auch sehr aussagekräftig, als wenn diese Gesichter leben und gleich anfangen würden zu sprechen. Manche Augen schauen mich direkt an und wenn ich weitergehe, verfolgen sie mich," Martin´s tiefe Stimme hört sich fast geheimnisvoll an. Jetzt beugt er sich etwas zu Viola runter und schaut ihr lange in die Augen. Martin: „Sind für Frauen die Augen eines Mannes wichtig?" Viola: „Ja schon, natürlich. Augen sind immer wichtig, man kann viel darin erkennen." Martin: „Ich finde meine Augen nicht gerade schön, sie sind nicht groß und haben keine eindeutige Farbe," Viola: „Was heißt Schönheit? Augen sind das Fenster zur Seele. Ich finde deine Augen bedeutungsvoll, ich kann gut in ihnen deine Stimmungen ablesen. Sie haben eine grüne, geheimnisvolle Farbe, wobei sich die Farbe mit den Lichtverhältnissen verändert. Was man bei ganz dunklen Augen nur sehr schwer erkennen kann." Martin: „Aja, dein optischer Blick. Ich bin übrigens nur ein einziges Mal schönen Augen begegnet. Deinen Viola!" „Du Schmeichler." Élena kommt und ihr Blick geht ganz kurz zu den beiden Werken mit rotem Punkt, zieht die Augenbrauen hoch und schaut Viola fragend an. „Später," meint diese leise. Élena: „Ich brauche dich und Miguel kurz für ein Interview und Fotos, die Zeitung wird euch groß im Kulturteil rausbringen. Dann

möchte ich noch bitte deine Zusage für nächstes Jahr. Ein befreundeter Galerist aus London will dich in seiner Galerie haben. Was sagst du?" „Danke, wunder-bar, Élena. Ich bin positiv überrascht, ohne deine Fähigkeiten würden meine Arbeiten wahrscheinlich verloren und vergessen in den Ecken bei mir einstauben." Zu Martin gewandt sagt Élena: „Sie übertreibt," zeigt auf die zwei Tangobilder mit Punkt, „du hast einen guten Blick für´s Außergewöhnliche oder bist du ein heimlicher Kunsthistoriker, dann engagiere ich dich." „Total unwissend, reines Bauchgefühl," winkt Martin ab, „Nun geht mal, die Presse wird ungeduldig." Die beiden Frauen schreiten auf ihren Hochhackigen zum Piano, von wo der Fotograf winkt. Miguel steht auch bereits dort, ist im Gespräch mit Pablo, dem Pianospieler. Die beiden Argentinier scheinen sich köstlich zu amüsieren.

Um 23:00 Uhr ist das Büffett abgeräumt. Élena stellt die Alarmanlage an, dimmt das Licht runter, schließt die Tür zu, alle anderen stehen schon draußen. Über der Galerie hat Élena eine riesige Altbauwohnung mit drei Gästezimmern. Man einigt sich, wer wo schläft. Miguel und Pablo haben im nahe gelegenen Hotel für zwei Nächte gebucht. Eigentlich schlafen immer Lulu und Viola im Doppelzimmer bei Élena, wenn sie in Málaga sind. Heute gehen Lulu und Margerita die Mexikanerin, die seit zwei Jahren in Granada lebt, jede in ein Einzelzimmer. Eigentlich will Martin mit Viola noch nach hause fahren. Einwand von Élena: „Das erlaube ich nicht, ihr habt Cava[11] und tinto[24] getrunken. Ihr seid alle meine Gäste und für euch zwei ist das Doppelzimmer reserviert. Oben angekommen, verteilen sich alle. Als erstes streift Viola mit Schwung ihre Schuhe von den Füßen. Martin bietet ihr sofort an: „Ich massiere dir gleich mal deine Hufen." Doch man versammelt sich noch in der sehr geräumigen Küche auf einen Café solo[12] und sie sabbeln noch etwas aufgedreht über den gelungenen Abend.

Ohne Fußmassage fällt Viola in Martin´s Armen in den Schlaf. Er ist noch sehr lange hellwach, so vieles rumort in seinem Kopf. Endlich gelingt es ihm seine Gedanken vorbeiziehen zu lassen und mit einem Lächeln wandert er in ein Traumland über.

Lulu – reden von Frau zu Frau

„Die Vernissage ist doch wunderbar gelaufen, dann können wir jetzt ja endlich quatschen," singt Lulu und winkt Viola mit zwei Gläsern Cava[11] zu. „Oh ja chica,[13] du sprudelst ja auch schon über, ich komme runter," ruft Viola.

Sie lümmeln sich beide aufs Sofa, heben ihre Gläser - „Auf die Mädels und alles was Schwänze hat - Stößchen!" Auf Lulu´s Gesicht verschwindet plötzlich ihr Lächeln. Viola legt den Kopf zur Seite, schaut ihre Freundin fragend an: „Wo bist du gerade mi guapa?"[14] Lulu ernst: „Ich bin gerade in der Hölle, wir müssen reden." „He, hast du zugenommen? Kaum lässt man dich aus den Augen, verfällst du wieder in alte Essgewohnheiten, oder hattest du etwa keinen Sex? Du kommst schon wieder in die Spur, ab Morgen nur noch Karnickelfutter," will Viola sie aufmuntern. „Ich wollte nur über Sex mit ihm reden. Ist doch fast dasselbe, wie welchen machen, aber nicht so anstrengend und klebt auch nicht so, wegen der Körperflüssigkeiten von innen und außen. Vor allen Dingen verbringt man mehr sinnvolle Zeit miteinander," erklärt Lulu immer noch ernst. Sagt nichts mehr, sitzt da wie ausgeschaltet. Viola klappt die Lade runter, in ihrem Kopf geht gerade eine Bilderfontäne ab. Sie tippt Lulu an, als würde sie das Radio wieder einschalten: „Hey du Insekt, ansonsten knabberst du doch gerne an maskulinen Männern rum mit eher kargem Wortschatz oder durfte während der letzten zwei Monate in Madrid eines vom Intellekt und nicht vom Schwanz gesteuertes Wesen dich beglücken? Wie sitzt du da überhaupt, wie ein Buddha und hälst dir deinen Bauch!" Jetzt lächelt Lulu, eben wie ein Buddha: „Bevor ich in die Wirklichkeit zurück muss, werden wir beide Viola für einige Zeit dieses Teil hier gut behandeln," dabei streichelt sie liebevoll ihren Bauch. „Ach du Scheiße!" ruft Viola, springt auf , nimmt die beiden Sektgläser und gießt den Inhalt in die Spüle. *Lulu ist schwanger!* Viola setzt sich ganz nah zu ihr. Sie umarmen sich, so gut wie es im Sitzen geht. Ihre Tränen vermischen sich auf ihren Gesichtern. „Luisa, wie konnte ausgerechnet dir das passieren, hattest du Kraut geraucht, oder war deine Seele angeknackst? Wer ist der Typ? Aus Madrid? Weiß er...........?" „Langsam, der Reihe nach," winkt Lulu ab. „Kondom geplatzt, haben wir beide eindeutig festgestellt." „Ne, das glaubt man ja wohl nicht." „Ist aber so, meine Seele war gut gelaunt und Kraut habe ich seit Indien mit dir nie mehr geraucht, aber Jorge roch so gut." „Das Argument reicht völlig aus, kann ich nachvollziehen," murmelt Viola. Etwas lauter: „Und weiter?" „Wie jetzt, was weiter!" ruft Lulu. Viola schaut fragend: „Lass dir nicht alles aus der Nase ziehn. Wer ist er, was macht er, wie alt, ist er klug, dafür hässlich, hat Glatze und langen Bart?" Sie springt auf und holt erst einmal Wasser und Gläser.

Lulu: „ Er ist 33 Jahre, hat krause Haare und keinen Bart. Ist aber kein Typ aus dem Ersatzteillager. Schönheit ist ja Ansichtssache. Er ist nicht ausgesprochen hässlich, 1,65 groß, wiegt 95kg, ist dafür aber sehr klug. Dr. der Medizin für Gynäkologie aus Cuba und gerade für ein Jahr Gastdozent an der Uni in Madrid." Viola kneift die Augen zusammen: „Gynäkologe, wie passend. Glaube ich dir alles nicht." „Na gut, er ist 1,90 groß und wiegt gefühlte 88kg, ansonsten stimmt der Rest." Viola hakt nach: „Sehr krause Haare, sehr dunkle Pfirsichhaut, Kussmund und kräftige formvollendete Zähne?" Lulu: „Aber feine Gesichtszüge, so wie die Menschen in Äthiopien und nicht nur die Zähne, auch der Körper formvollendet." Viola: „Du wirst demnächst 40. Willst du das Kind, oder ist noch Zeit?" Lulu: „Ich will, bin bereits in der 10. Woche und ich liebe es jetzt schon. Ich werde eine Grauscheitelmutti kurz vor der Menopause sein. Ist mir völlig klar, aber wurscht. Jorge wird es nie erfahren. Es gibt keine Zukunft mit ihm. Außerdem lassen sie den niemals aus Cuba raus. Sein Rückflug nach Habana geht am 1. September. Anderen Kindern sind auch bereits die Väter vor ihrer Geburt abhanden gekommen. Ende der Durchsage."

Der zeitnahe Plan der werdenden Mutter ist: Sie will neben ihrer vielen Arbeit als Textildesignerin, sie macht Stoffentwürfe für Firmen in Madrid, Barcelona und Sevilla und hat eine Stoff-Fertigungsfabrik in Málaga, nur noch das „ZUZWEITSEIN" mit Viola in ihrer gemeinsamen Finka genießen und sagt: „Bis unser Zwerg auf der Welt ist" „ Das kann ja heiter werden," meint Viola, „zuvor habe ich allerdings noch Einiges zu erledigen." --Auf die fruchtbaren Bäuche der Frauen--

Das Navi auf ein neues Ziel ausrichten

Eines Nachmittags erzählt Viola ihre Geschichte, also einen Teil davon. Martin meinte, er wisse kaum etwas über sie. Seit wann, warum, wie denn überhaupt sie die meisten Monate im Jahr in Andalusien lebt und auch Zeiten in ihrer Wohnung in Hamburg verbringt. Viola „Tja also Martin, vorab ein paar Eckdaten: Heirat 1995, Peter Hansen. Ich war 23 er 33 Jahre. Unsere Tochter Carla wurde 1996 geboren" - Martin: „Ach was, du hast eine Tochter? Das wusste ich ja überhaupt noch nicht." „Na woher auch, du warst ja nicht dabei." Sie lachen beide. „Scheidung 2006, ich war 34, Carla war 10 Jahre alt. Ich kam bei der Scheidung finanziell ganz gut weg. Konnte mir eine kleine Wohnung kaufen, die frei wurde. Sie liegt über unserem großen Gemeinschaftsatelier in einem verschlafenen, idyllischen Hinterhof im Stadtteil Hamburg-Altona. Dieses teile ich mir mit fünf weiteren Künstlern bis heute." Martin sagt: „Ja, dann verstehe ich natürlich, dass du auch des öfteren in deiner Stadt, deiner Wohnung bist. Die Künstler im Atelier treffen willst und vor allen Dingen wohl Zeit mit deiner Tochter und deiner Schwester verbringen möchtest. Carla wohnt doch noch in Hamburg?" „Ja doch, sie wohnt sogar in unserer Wohnung. Hinzu kommt, dass ich Hamburg besonders liebe. Ich brauche ab und an die Elbe mit dem Hafen, die Alster und vor allen Dingen richtige Bäume. Ich laufe dann viel durch die Wälder am Rande der Stadt. Hier in Andalusien mag ich schon sehr die Landschaften und die uralten Korkeichen, Steineichen und Kastanienbäume, also an denen die Maronen wachsen. Ich kenne einen unter Naturschutz stehenden großen, wilden Korkeichen- wald. Man sollte schon einen ganzen Tag einplanen. Ich fahre gerne mit dir dort mal hin, wenn du Lust hast."

„Ende 2005 letzte Wochen in Blankenese, im Haus meines noch Ehemannes. So viele Signale in meinem Bauch haben mir gesagt, ich muss und will aus diesem destruktiven, mich krank machenden Leben ausbrech- en, wusste aber nicht, wie ich es anstellen sollte. Ich durfte Carla nicht verlieren. Meine Gedanken waren bereits längst fort. Mein Körper für ihn nicht mehr bereit, aber ich war immer noch da. Es ist nicht leicht Abstand zu gewinnen, wenn du noch nicht weißt wo du hinwillst, du keinen brauchbaren Plan hast; dann ist es einfacher noch zu bleiben. Bis du schlapp machst! Ich musste mit meiner Seele entschwinden. Tür zu – Tür auf ! Ich wollte mein persönliches Navi auf ein neues Ziel ausrichten. Mir war klar, etwas ganz Anderes zu beginnen. Noch verschlossene Türen zu öffnen, musste ich den Mut haben, Altes abzulegen, liegenzulassen, alles hinter mir abzuschließen. Es zog mich in die Welt, ich wollte reisen. Das was ich mir schon in meiner Jugend gewünscht hatte. Ich wäre damals gerne einfach auf eines der Schiffe im Hamburger Hafen gestiegen. Egal wohin es mich geführt hätte, einfach weg. Übrigens das Fernweh hört nie auf. Dann endlich im Herbst 2005 hatte ich mein erstes Ziel gefunden. Ich kündigte bei meiner Firma Im- und Export. Mein Bereich war Venezuela und Costa Rica. Kaffee und Kakao. Mein Spanisch war ganz brauchbar. Der Firmeninhaber machte mir ein Angebot. Ich sollte doch in der Firma bleiben, man wollte mich in unsere Zweigniederlassung nach Caracas schicken. Interessant! Ich bat mir Bedenkzeit aus. Aber nach drei schlaflosen Nächten stand mein Entschluss fest. Nein! Ich wollte autonom sein, mich selbst besser kennenlernen, an meine Grenzen gehen. Ich setzte bei Peter ein Jahr Auszeit bzw. Trennungsjahr durch. In meinem Kopf stand eigentlich bereits danach die entgültige Scheidung fest. Carla wollte sofort umgeschult werden. Sie freute sich schon auf die Zeit bei meiner Schwester, ihrer Tante Anne, Onkel Gerd und ihren beiden Cousinen. Meine Schwester und ihre Familie wohnen nicht weit entfernt vom Hinterhof unseres Ateliers. Ich war meine größte Sorge los und Carlas Vater fand das eine sehr praktische Lösung. Er würde alles für Carla bezahlen. Ein kleines finanzielles Polster hatte ich, da brauchte ich Peter nicht zu bitten. Mein erster Flug sollte nach Buenos Aires gehen. Ich kannte ein paar Leute von dort, die vor einem Jahr zu einem Künstlerworkshop in Hamburg waren, bei dem ich mit anderen Kreativen mitgemacht habe. Das waren zwei anstrengende, doch sehr interessante Urlaubswochen. Unsere Werke, die unter der Aktion „Offene Ateliers" in verschiedenen Werkstätten entstanden, gingen dann noch auf eine dreimonatige Wanderausstellung durch Schleswig-Holstein und Niedersachsen. Peter war ziemlich sauer darüber, wie ich Urlaub für so einen Firlefanz opfern konnte. Nun ja, ein breiter Graben hatte sich im laufe unserer zehn Ehejahre aufgetan. Seitdem Peter im Vorstand einer großen Versicherungsgesellschaft war, spielte sich sein Leben in einer anderen Liga ab als meines. Macht, Geld und Besitz war sein Lebenselexir, mit seiner Freizeit konnte er nicht mehr viel anfangen. Bei mir hingegen spielte meine Malerei eine immer größere Rolle. Ich fühlte mich am wohlsten in meinen Malerklamotten in unseren großen Atelier-Räumen.

Als ich die Argeninier bei unserer Kunstaktion kennenlernte, war da auch der Miguel mit seinen dunklen Augen und langen schwarzen Haaren." Martin zieht die Augenbrauen hoch und fragt: „Wohl verliebt, oder?" Viola lächelt: „Fasziniert. Bei ihm hatte ich so ganz nebenbei meine ersten Tangoschritte gelernt. Er ist ja nicht nur Bildhauer und Objektkünstler, sondern auch Tangolehrer. Er hat in Buenos Aires eine eigene Tanzschule. Er sagte mir: --Viola, du hast Talent, bist gerne für einen privaten Tanzkurs bei mir eingeladen. Für Unterbringung wird gesorgt, wenn du nicht zu anspruchsvoll bist. Flugticket buchen und rüberkommen.-- Wie gerne hätte ich das bereits 2004 gemacht. Endlich dann ein gutes Jahr später war es soweit. Ich beschloss, ich selbst zu sein. Nicht mehr dem Bild entsprechen, wie andere mich gerne hätten. Ich schrieb ein neues Drehbuch für mich, welches mir erlaubt auf meine Weise zu leben. Peter spielte darin keine Rolle mehr. Auch war mir klar, dass für Verwandte und die meisten Freunde, wenn es denn überhaupt welche waren, darin auch keine Zeit und kein Raum mehr sein würde. Wichtig waren damals nur Carla und meine liebe Schwester mit ihrer Familie. Ich glaubte, auf Reisen, bei denen ich ganz auf mich selbst gestellt bin, mich besser kennenzulernen, dann sei es leichter herauszufinden, was ich wirklich will.

Man kann sich seine Eltern nicht aussuchen, weder mit welchen Chancen man, noch wo man geboren wird. Aber man kann irgendwann sich entscheiden, wie, wo und mit welchen Menschen man leben möchte. In unserer Gesellschaft gilt die Meinung: wer beruflich Erfolg hat, viel Geld verdient, materielle wertvolle Dinge besitzt, nur so jemand ist glücklich und zufrieden. Ein Trugschluss. Klar, materieller Reichtum gibt Sicherheit. Ist auch gar nicht schlecht, aber keine Garantie, ein glücklicher Mensch zu sein. Die ZEIT und wie ich diese verbringe, ist doch die Währung, die wirklich zählt. Natürlich brauche auch ich gewisse

Dinge zum Leben. In erster Linie gehört Geld dazu. Ich brauche ein Zuhause in dem ich mich wohlfühle, allerdings ohne Luxus. Meine drei- Zimmerwohnung von 72qm reichten für Carla und für mich.

Wichtig wurde mir auf meinen Abenteuerreisen durch Südamerika meiner Intuition zu vertrauen. Wenn mir alles fremd und unbekannt war, konnte ich nicht auf Erfahrungen zurückgreifen, wie z.B. auf mein Berufsleben oder meine Zeit der Ehe. Wenn mich der Mut mal verließ, innere Dämonen mich abhalten wollten mich zu überwinden, über die nächste Hängebrücke (symbolisch gesehen) zu gehen, verließ ich mich auf meine Intuition, mein Bauchgefühl und lag meistens richtig damit."

Viola und Martin schlenderten durch einen seiner Weinberge, blieben stehen und schauten hinunter aufs Meer bis nach Afrika rüber. Sie lehnte sich an ihn, sagte ein wenig müde geworden: „So Martin, nun kennst du die halbe Geschichte von mir. Über Südamerika, speziell Bolivien, kann ich dir ein anderes Mal erzälen, wenn es dich überhaupt interessiert."

Martin nahm ihr Gesicht in seine Hände, hauchte ihr einen Kuss auf die Stirn und sprach als löse er sich nur schwer von einer spannenden Lektüre: „Ja gerne doch. Du bist ein ganz besonderer Mensch Viola, von dir kann auch ich noch etwas zum Nachdenken mitnehmen. Ganz schön mutig, so als Frau alleine durch die Macho-Länder-Lateinamerikas zu reisen. Deine

Lebensform und Einstellung ist schon etwas anders, als die der meisten Menschen die ich kenne, aber bewundernswert." Sie lächelte: „Mit einigen Worten magst du recht haben Martin. Ich möchte die Lehrzeiten der Reisen für mein Leben nicht missen; doch etwas ganz Besonderes geleistet zu haben, als so etwas betrachte ich es nicht. Diese Zeiten haben mich auf andere Wege gebracht, meine Gedanken völlig auf den Kopf gestellt. Ich bin sehr dankbar dafür und seitdem bis heute sehr zufrieden mit meinem Leben. Mich kann so leicht nichts umhauen, für das ich keine Lösung fände." Sie standen eng beieinander und schauten noch dem letzten Licht über Gibraltár nach. Schnell wirft sich die Dämmerung über das Land, will den Tag beenden und für sich behalten.

Pistazien und Quinoa

Das ist kein 100m Lauf, das ist ein Marathon. Martin hat sich entschlossen an den Start zu gehen. Als er das vierte Mal nach Ronda fährt, sich mit Manolo Sánchez trifft, um von ihm drei Hektar Land, mit bereits vor zwei Jahren bestellten Pistazien-Setzlingen zu kaufen. Landwirte in den Provinzen von Andalusien suchen nach Alternativen. Auch Martin ringt mit seinem Olivengeschäft auf dem heiß umkämpften Markt. Auf den Hügeln, den Böden um Manilva wächst der Wein besser. Der traditionelle Olivenanbau wird vor allem von den Bergregionen zurückgedrängt, da er eine geringere Gewinnmarge bietet, als in großen Anbaugebieten von Spanien und Griechenland. Obwohl Martin recht gut mit seinem Bio-Olivenöl dabei ist, hat er sich überlegt, seine Flächen mit den zum Teil 200 Jahre alten Bäumen zu verpachten. Später evtl. zu verkaufen, sollte sich das mit den Pistazien in ca drei bis fünf Jahren rechnen. Er hat bereits mit Manolo Sánchez einen Vorvertrag und von ihm viel über diese besondere Steinfrucht gelernt. Sie wird schon von den Bauern als -oro verde- (grünes Gold) benannt. Und die Anbauflächen werden größer. In der Serranía (den Bergen) von Ronda gibt es beste meterologische Voraussetzungen, damit die Früchte gedeien. Sie brauchen bis zu 1.000 Stunden Kälte im Jahr. Somit ist überall in Höhenlagen die Pistazie im Kommen. Pro Hektar können bis zu 1.200 Kilo geerntet werden. Bei Kulturen, die man bewässert, kann die Produktion noch gesteigert werden. Das will Martin aber nicht. Was ist das für ein Wasserverbrauch bei drei Hektar und er glaubt, dass die Qualität dann leidet. Es wäre wie bei der Aloe Vera. Werden die Kulturen bewässert, wachsen sie schneller, können früher geerntet werden, entwickeln jedoch prozentual nicht genügend von ihrem wertvollen Inhalt.

In der Anschaffung sind Pistazien fünf Mal teurer als Olivenbaum-Setzlinge. Die Aufzucht ist komplizierter und arbeitsintensiver, erfordert die richtige Behandlung. Mit Investitionen für die ersten fünf Jahre, muss mit rund 6.000 Euro gerechnet werden. Erst dann kann die erste Ernte beginnen. Martin wird heute noch harte Verhandlungsgespräche mit Manolo führen. Da die Setzlinge ja bereits seit zwei Jahren im Boden sind, ist der Preis ziemlich hoch. Er glaubt aber, dass sich die ganze Umstellung lohnt. Der Kilopreis liegt derzeit bei 7,-Euro. Bislang wird in Europa 90% aus dem Iran und den USA importiert. Die klimatischen Bedingungen bieten sich in Europa nur in den südlichen Ländern. Weiterer biologischer Anbau in Andalusien sind Aloe Vera, Limonen und Stevia. Noch zurückhaltend sind die Landwirte bei Kulturen wie Quiona oder Trüffel; doch Martin setzt unbedingt auch auf Quiona bzw. Quinua. Dieses wunderbare uralte Wildgetreide aus den Andenländern Peru und

Bolivien hat Martin erst bei Viola´s Kochkünsten kennengelernt. Umweltbewusste Menschen, denen gesunde Lebensmittel wichtig sind, kaufen z.B. Quinoa nur über Fair Trade aus den Andenregionen in den -tiendas de salud- (Gesundheitsläden), die es auch in den Kleinstädten von Spanien gibt. Man vertraut nicht den mit Chemie behandeltem Quinua aus den USA, von dem die Märkte auch in Deutschland überschüttet werden. Martin weiß, dass Viola sich sehr für diesen fairen Handel, speziell aus Bolivien, engagiert. Wenn für Martin alles mit Sánchez in trockenen Tüchern ist, wird er Viola von seinen neuen Ideen erzählen und rechnet stark mit ihrer Zustimmung. Er wird allerdings für die Pistazien viel Zeit brauchen und dafür häufig in Ronda sein. Noch hat Martin Mut und Kraft NEUES zu wagen. Auf geht's !

Meine Perlenkette sind die Erinnerungen

Viola erzählt Martin nochmals ein wenig über ihre Erfahrungen und Einstellung ihres heutigen Lebens. „Nach meiner Südamerikatour 2006 und nach meiner Scheidung war ich voller Ideen, Freude, munter und gesund in meinem neuen Leben angekonmmen. Alles fühlte sich gut und richtig an. Ein Surfer würde sagen, nämlich dann, wenn er den richtigen Moment spürt: Jetzt die Welle zu reiten! Ich bin zwar kein Surfer, aber auch ich spüre genau, wann oder was für mich richtig und gut ist, oder womit ich untergehen würde. Mein neues Drehbuch hatte keine strengen, genau festgelegten Strukturen. Das heißt nicht, dass ich so irgenwie in den Tag lebte oder heute lebe. Natürlich habe ich meine ganz persönlichen Regeln. Doch für eine gute spontane Idee, kann man gerne auch mal die eigenen Regeln über Bord werfen. Das hatte ich auf meinen Reisen gelernt und diese Zeiten haben mich geprägt, Denkweisen verändert, Horizonte erweitert, mein Leben bereichert. Die schönsten, eindruckvollsten Ansammlungen von Momenten im Leben sind immer die Momente für mich, die mich tief berühren vor Glück, Trauer, Leidenschaft, Freude. Es können sehr große Ereignisse sein, aber auch ganz kleine kurze Augenblicke. Diese Dinge kann ich nie mehr vergessen, können mir nicht abhanden kommen, weil ich sie erlebt habe, bleiben sie für immer bei mir. Sie sind das Wertvollste für mich. Ich habe erkannt, dass materielle teure Sachen für mich keine große Wertigkeit haben. Mein Ehemann Peter hat mir immer mal Goldschmuck mit edlen Steinchen geschenkt. Er sah gerne, wenn ich diese Dinge um den Hals, an den Ohren oder Händen trug; doch ich musste vieles davon in der Bank in einen Safe legen. Nur um zu wissen, dass man soetwas besitzt, macht doch keinen Sinn oder? Ich habe mich von allem nach meiner Scheidung getrennt. Erlebtes dagegen sind meine Schätze geworden. Meine Perlenkette sind meine Erinnerungen. Diese kann ich zu jeder Zeit, wo immer ich auf der Welt bin bei mir haben, können nicht zu Schaden kommen oder gestohlen werden, weil ich sie nicht äußerlich, sondern in mir trage. Das bedeutet nicht, ich lebe nur in der Vergangenheit und träume meinen erlebten Zeiten hinterher. Natürlich lebe ich bewusst JETZT." Martin wirft mal kurz ein: „Das kann ich nur bestätigen, dass du alles bewusst lebst und nicht einer schönen Vergangenheit hinterhertrauerst."

„Aber Martin denke mal, man hätte gar keine Erinnerungen an das was man erlebt hat. Nicht an das von gestern, oder an das von vor 20 und mehr Jahren. Das ist doch unvorstellbar. Je älter man wird, je mehr besteht das Leben doch aus Erinnerungen. Bis ans Ende. Am Ende möchte ich nicht sagen: ich habe sooo viel versäumt, ach hätte ich doch meine Träume gelebt, hätte ich in jüngeren Jahren bloß dieses oder jenes getan. Und Menschen sind mir wichtig. Seitdem ich in meinem neuen Leben angekommen bin, begegnen mir wunderbare Menschen, fallen mir die richtigen Bücher in die Hände, weiß irgendwie einfach wer, was mir gut tut. Meine eigene Spiritualität ist zu mir gekommen auch durch Yoga, Chi Gong und Tai Chi."

„Seit Jahren beginnt mein Tag mit Yoga. Lulu und ich hatten 2009 für drei Monate in Varanasi / Indien einen der besten Meister. Häufig machen Lulu und ich gemeinsam Yoga; doch Lulu erwacht meistens erst sehr lange nach Sonnenaufgang, dann bin ich längst fertig und der Café auch. Nachdem ich morgens, ein Glas heißes Wasser sehr langsam getrunken habe, bevor ich dann mit Yoga beginne, mache ich eine wichtige Tai Chi-Übung, nämlich mindestens 20 Minuten -den Baum stehen = Standfestigkeit. Das Chi / die Energie, deine Kraft kommt aus der Mitte und dort ruhst du auch in dir. Du stehst hüftbreit, die Knie etwas gebeugt, das Becken vorgekippt, also langer unterer Rücken = Entlastung der Wirbelsäule. Die Schultern tief, weit weg von den Ohren. Die Arme bilden einen Kreis in Brusthöhe, als wenn du einen Baum umarmst, die Finger berühren sich nicht. Unterhalb des Bauchnabels bist du schwer, verbindest dich mit der Erde indem du dir vorstellst, an deinen Fußsohlen wachsen senkrecht Wurzeln in den Boden. Dein Oberkörper ist ganz leicht, durchlässig und verbindet sich mit dem Universum. Du stehst sehr aufrecht, also nicht steif, sondern entspannt. Die Hüfte, das Becken bleibt die ganze Zeit nach vorne gekippt. Das Kinn ist leicht zum Brustbein geneigt. Die Augen sind ganz oder fast geschlossen, dein Geist wird ruhig und still. Wenn Gedanken kommen, verfolge sie nicht, lass sie vorbeiziehen. Wenn Schmerzen in den Schultern oder Armen auftreten, atme sie beim Ausatmen weg. Nach einer Weile spürst keinen Schmerz mehr und vielleicht sogar deinen ganzen Körper nicht mehr. Du kommst in einen Zustand der Leichtigkeit und Zeitlosigkeit, könntest jetzt möglicherweise eine ganze Stunde in dieser Stellung bleiben und fühlst dich sehr gut, wie im Trance, doch du bist nicht schläfrig, dein Geist bleibt wach. Ja und wenn ich mich so richtig wohl fühle, fange ich mit Yogaübungen an, auch so ca 20 Minuten. So beginne ich meinen Tag."

Martin meint nur: „Oha interessant, den Baum kannst du mir mal beibringen, den würde ich gerne eventuell als Einstieg in diese wundersame Welt wohl lernen mögen."

Juli – Sommer in Hamburg

Fast am Ende des Bergdorfes Benahavís, in der Bodega von Carmen und Antonio hatten Lulu und Martin am Abend sich auf einen tinto[24] und tapas[32] getroffen. Martin war erstaunt über die Reaktion von Viola, als er ihr vor einer Woche von seiner neuen Idee erzählte. Prinzipiell findet sie es schon sehr gut, das mit dem Bioanbau von Pistazien; doch Martin konnte nicht herausfinden, welche Bedenken Viola zu der ganzen Sache hat. Er hofft nun auf Antworten von Lulu. Viola war vor zwei Tagen nach Hamburg geflogen. Martin wäre gerne für einige Tage mitgereist. Mal wieder Hamburger Luft schnuppern, alte Freunde treffen, ein Konzert in der Elbphilharmonie, Viola´s Tochter Carla endlich kennenlernen, die Künstlergruppe bei der Arbeit in deren Hinterhofatelier erleben. Das wäre eine feine Gelegenheit gewesen, bei der Viola und Martin ihre gemeinsame Heimat zusammen neu hätten entdecken können. Doch Martin muss hier bleiben, da er gerade viel bürokratischen Kram zu erledigen hat. Sánchez in Ronda macht keine Probleme wegen des Verkaufs von drei Hektar der bereits mit Pistazien-Setzlingen bestückten Anbaufläche. Die Behördengänge sind für Martin nervenaufreibend und zeitaufwendig. Rosa lächelt, wenn er mit Stirnfalten und knirschenden Zähnen zurück kommt. Seinen Zorn bei ihr ablässt, dann hebt sie nur die Hände und versucht ihn zu beruhigen: „Paciencias – Paciencias."[15] Antonio stellt ihm einen tinto[24] hin und für Lulu agua sin gas.[16] Martin guckt verständnislos, fragend und zeigt auf das Wasser für Lulu: „Hast du Sodbrennen?" Sieht Martin einen Anflug von Röte im Gesicht von Lulu? Das wäre aber sehr untypisch für sie denkt er noch......„Ja also Martin, Antonio weiß da schon mehr als du." Er hält den Atem an: „Bist du etwa ernsthaft krank? Und ich rede hier von Sodbrennen?" „Nein eine Krankheit ist das nicht, ich bin nur schwanger." --Pause-- Martin setzt sein Glas an und leert es in einem Zug. Antonio schenkt wortlos nach. Martin fängt sich: „Na, das ist mal eine frohe Botschaft, sensationell, Glückwunsch Lulu. Ich nehme an, es gibt auch einen genauso sensationellen Vater. Es gibt doch einen? Ansonsten würde Viola dich ja wohl nicht alleine lassen." Lulu nippt an ihrem Wasser, sie hätte jetzt richtig bock auf einen tinto, nur einen Klitzekleinen. „Genaugenommen gibt es immer einen Vater Martin, rein biologisch gesehen. Und das Ganze dauert normalerweise neun Monate, also bei mir immerhin noch über sechs Monate, insoweit kann Viola natürlich den Juli bis Anfang August in Hamburg verbringen, wie sie es in jedem Jahr gerne tut." Martin will nun auch Wasser trinken, er muss ja noch nach Manilva zurück fahren. „Würdest du mir denn verraten wer der glückliche Vater ist und kennt Viola ihn. Wenn nicht, wann stellst du ihn uns vor? Du warst ja lange in Madrid, ein madrileño?"[17] „Nein, er ist nicht aus Madrid und ich kann ihn euch auch nicht vorstellen. Es ist eine nicht ganz einfache Geschichte. Ein anderes Mal Martin. Du wolltest mit mir über Viola sprechen." „Ja klar, ich möchte dich auch nicht länger mit Fragen bedrängen, nur eine noch," er guckt Lulu irgendwie ganz milde lächelnd an: „Geht es dir denn gut Luisa?" Jetzt muss Lulu lachen: „Ja, mir geht es noch sehr gut, danke für deine Fürsorge. Viola wird rechtzeitig bei mir sein; doch bis unser Zwerg auf der Welt ist, hat sie noch so Einiges vor." Martin schaut irritiert ins Leere. *Bis UNSER Zwerg, sind Viola und Lulu jetzt ein Paar?* Er schüttelt den Kopf, um diesen Gedanken zu verscheuchen und fragt: „Hat Viola dir von meinem neuen Projekt erzählt? Sie gab mir zu verstehen, dass sie ja Bioanbau sehr gut findet; doch irgendwie war sie gegen den Strich gebürstet, ließ mich aber mit meinen Fragen im Regen stehen und meinte nur -wenn ich das so für gut fände, solle ich es man machen- ." „Hm, ich will da nichts vorwegnehmen," meint Lulu, „aber wie ich Viola´s Einstellung kenne vom Bankertum, Profitdenken, viel Gewinn unterm Strich machen, könnte ich mir vorstellen, dass sie meint, bei dir steht hauptsächlich das wirtschaftliche Prinzip dahinter. Weißt du, sie ist ein gebranntes Kind durch ihren Exehemann Peter," „Ja, ich weiß bereits manches zu ihrer Lebenseinstellung und was sie dazu gebracht hat, davon kann ich vieles nachvollziehen. Doch wir leben nun mal in dieser, unserer Gesellschaftsform, in der nicht alles perfekt ist, doch es gibt wohl auch sehr viel Wertvolles. Natürlich bin ich als campesino[18] auch Unternehmer, es soll sich alles irgendwie rechnen und das bedeutet, man muss die Märkte und Tendenzen im Auge behalten. Wenn es Sinn macht sich von einer Sache zu trennen, um evtl. neue Chancen wahrzunehmen. Du bist auch selbständig Lulu und hast nicht nur für dich, sondern gegenüber deinen Angestellten Verantwortung. Fest angestellt ist bei mir nur Rosa, alle anderen sind Saisonarbeiter, von denen ich stark abhängig bin. Nicht immer einfach." „Da sind wir ganz auf einer Schiene Martin und ich glaube , du machst das völlig richtig. Ich wünsche dir Erfolg. Das wünscht dir übrigens Viola auch und sie weiß natürlich wie die Freie Marktwirtschaft funktioniert und weiterhin funktionieren muss. Auch sie ist davon abhängig. Viola arbeitet ja genauso auf freiberuflicher Basis. Nur Ausstellungen und Kunst verkaufen ist kein sicheres regelmäßiges Einkommen, sie ist froh, dass ihre Zeichen- und Malkurse für die Kunststudenten in Málaga immer so gut besucht sind." Martin hat aufmerksam zugehört: „Danke Lulu, so von alleine wäre ich wohl nicht auf diesen Punkt gekommen, dass Viola denken könnte ich wäre nur auf meinen persönlichen Profit aus. Mir geht doch tatsächlich schon mal durch den Kopf, wie sieht mein Auskommen im Alter aus. Das ließe sich

ja nochmals ganz pragmatisch und in Ruhe besprechen,....." Sein Mobil klingelt, „Hola Viola mi amor,
lässt du dir den Wind in Hamburg um die Nase weh-
en?" Martin´s Augen strahlen Lulu an, sie haucht für
Viola einen Handkuss rüber. -"Hola mi favorito, Carla
und ich sind an der Elbe, trinken kleines Bierchen in
der Strandperle. Wir zwei hätten dich und Lulu gerne
hier. Was machst du gerade?"- „Lulu und ich sind in
der Bodega von Carmen und Antonio und ich habe
gerade die Neuigkeit von Lulu´s gravierender Fami-
lienplanung gehört. Was das Leben doch so alles für
einen bereithält. Ah, die tapas[32] kommen, die wer-
dende Mutter kann ja jetzt nach Herzenslust für zwei
futtern. Gibt es bei euch zum Bierchen auch etwas
zu kauen? Fahren große Pötte auf der Elbe oder ist
bei der anhaltenden Hitze im Norden Niedrigwasser
angesagt?" - „Genau, vollbeladene Containerschiffe
können z.Zt. nicht in den Hafen einlaufen. Wir haben keinen einzigen Pott zu sehen bekommen, zumal
gerade auch noch ablaufend Wasser ist. Es hat allerdings den Anschein, als könnte es den gewünschten
Regen geben. Das hat auch Seltenheitswert in Hamburg oder? In meiner Wohnung oben ist es nachts
ziemlich warm. In den alten Mauern der Finka von
Lulu ist es angenehmer. In der Stadt sind viele Tou-
risten und es gibt hunderte von Baustellen. Mit den
Freunden vom Atelier ist alles prima, sie haben so
einige interessante Sachen am Laufen. Abends sitzen

wir zusammen im Hof, grillen und quatschen. Es ist wie bei uns im Süden. Carla hat ein paar Tage frei, wir sind viel mit den Rädern unterwegs. Was macht die spanische Bürokratie, kommst du voran?"- „Ich denke, hoffe in den nächsten Tagen habe ich alle Stempel und grünes Licht. Lulu und ihr Zwerg haben alle tapas[32] verputzt. Lasst es euch gutgehen in Hamburg, Grüße an Carla. Wann kommt sie mal her? Das nächste Mal bin ich in Hamburg dabei, wenn du mich denn mithaben willst." „Martin, claro, Freie und Hansestadt Hamburg. Wir wollen jetzt auf die „Cap San Diego" (Museumsschiff an der Überseebrücke, ist noch fahrtüchtig), dort ist eine maritime Ausstellung von einer Hamburger Malerin, großformatige Arbeiten und es gibt eine Lesung, auch endlich etwas zu futtern. Besos[5] an dich und Lulu,"-----„Verbindung abgebrochen oder aufgelegt," Martin schaut Lulu an, schiebt die Unterlippe vor und hebt die Schultern. Carmen stellt Martin neue tapas vor die Nase und Lulu meint: „Sie kommt ja wieder Martin, Viola braucht Hamburg immer wieder mal so ganz für sich. Iss jetzt die leckeren Teile hier, Antonio macht dir noch ein bis zwei, drei cañas,[3] du kannst in Violas Bett schlafen und fährst morgen Früh nach Manilva," bei diesen Worten war Lulu gleich schon wieder mit der Gabel in den tapas zugange. „Überredet," Martin bekommt von Antonio ein kleines Bier gereicht. Der Laden ist gut besucht, je später der Abend. José kommt rein mit seiner Gitarre.

Traumfänger

Antonio hat auch noch seine Gitarre geholt, José und Martin haben zusammen Musik gemacht. Bekannte spanische Lieder zum besten gegeben, welche die Leute in der Bar lautstark mitgesungen haben. Dann hat Martin mit seiner wunderbaren Barritonstimme sanfte Boleros gesungen und José hat ihn auf der Gitarre begleitet. Es wurde ganz still, das war bühnenreif und für alle eine Freude. Es ist spät geworden, Lulu fordert von Martin den Autoschlüssel von seinem kleinen Toyota Geländewagen. So einen hat sie ja auch und fährt gekonnt durch die hügeligen, engen Straßen von Benahavís zu ihrer Finka. Martin hat die Augen geschlossen und summt bei bester Stimmung noch Melodien. „Angekommen, aussteigen", ruft Lulu unsanft. Martin öffnet ein Auge, formt seine Worte sehr langsam: „Bin ich schon am Hotel, was muss ich zahlen?" „Rechnung kommt Morgen nach dem Frühstück." Lulu hüpft raus, läuft um's Auto, da fällt ihr Martin aus seiner Tür schon entgegen. „Langsam junger Mann, wir machen das gemeinsam," Lulu legt sich seinen rechten Arm, der wie gekochte Spaghetti an ihm runterhängt, um ihre Schulter. „Gemeinsam, dann bin ich nicht so einsam," brüllt Martin ihr in's Ohr. „Hallo du alter Barde, eben hast du noch ergreifende Liebeslieder gesungen und jetzt machst du hier einen auf Schlaffi. Nimm mal Haltung an und ab in die

Kiste." „Jaha, Kiste ist gut," er macht sich grade, „in deine oder in meine, min seute Deern?" (mein süßes Mädchen). Lulu runzelt die Stirn, sie versteht kein Plattdeutsch. Sie schaukeln über die Fliesen, Lulu macht die Tür zur Finka auf und zieht Martin rein. Holt schnell eine Flasche Wasser, drückt sie Martin in den Arm und schiebt ihn zur Treppe. „Schaffst du es alleine hoch amigo?[19] Ausziehen, Badezimmer, in Viola's Bett? Du findest alles, kennst dich ja aus." Lulu geht zurück, lässt ihn an der Treppe stehen, um sich auch noch Wasser zu nehmen. Martin ist schon fast oben, sie hört ihn rufen: „Viola mi guapa[14] ich komme!" Lulu hatte gar nicht mitbekommen, was Martin außer Bierchen noch so weggeschluckt hat. Ach du meine Güte, er hat ja richtig Probleme, dass Viola über einen Monat alleine in Hamburg ist. Tut so, als würde sie mit dem nächstbesten Schiff nach Südamerika ablegen. Oje, wenn er wüsste!

Martin schafft es irgendwie sich auszuplünn, die Schuhe hat er schon auf der Treppe abgestreift, sind runtergepoltert. Büx und T-Shirt lässt er auf den Fußboden fallen. „Mierda,[20] warum hat die Frau bloß so einen Riesenschleier um ihr Bett gehängt." Er findet endlich den Eingang vom Moskitonetz. Flach auf dem Rücken ausgestreckt fällt er in einen leichten Dämmerzustand. Lulu kommt rauf und schaut nochmal nach ihm. „Schon ein gutes Exemplar was du da hast Viola, treib keine Spielchen mit dem, lass ihn an der ganz langen Leine, aber halt ihn fest. Den würde ich auch nicht von der Bettkante schubsen." Martin murmelt etwas, Lulu schleicht auf Zehenspitzen wieder runter. Bad, Bett, schlafen.

Martin schläft unruhig, wälzt sich auf dem Lager. *Er hat gegen Dämonen und Geisterwesen zu kämpfen. Maskenartige Wesen kommen von allen Seiten auf ihn zu, umzingeln ihn, er will flüchten, aber wohin, wo ist er überhaupt?. Er stolpert, fällt flach auf den Bauch, irgendetwas hält seine Beine fest. Er dreht sich um und sieht, wie rasend schnell wachsende Lianen, Schmarotzerpflanzen und Wurzeln seine Beine verschlingen. Er krallt seine Hände in die Erde, um sich rauszuziehen; doch auch sie sind bereits mit den Pflanzen verwachsen. Er will schreien, doch kein Laut kommt ihm aus der Kehle. Sein ganzer Körper ist mit Blätterwerk zugedeckt, er sieht aber noch, wie sich die Monsterwesen zurückziehen.* „Grüne Hölle" schreit er, „du hast mich gefangen." Es wird angenehm warm, ein Sonnenstrahl trifft genau auf sein Gesicht. Martin liegt auf dem Rücken schaut nach oben und sieht viel Grün. Bin also wirklich im Wald. *Er ist wieder in einem Dämmerzustand. Befindet sich in einem Urwald, so schön mit einer Blütenpracht von Orchideen, bunte Paradiesvögel fliegen umher, kleine Affen hangeln sich von Ast zu Ast und kreischen. Es duftet so wunderbar.* Martin kann alle Gliedmaßen wieder bewegen, erstaunt schaut er seine sauberen Hände an. Keine Wurzeln, Schlingpflanzen, Blätterzeug was ihn festhält. *Es scheint ihm,* *als wenn ein leichtes Federkleid seinen Körper bedeckt.* *Doch da plötzlich erscheint wieder eine von den Masken,* *Martin erhebt sich, mit geballter Faust schlägt er in die* *Fratze.* „Martin, warum verkloppst du denn den schönen Traumfänger von Viola?" Lulu steht mit zwei Kaffeepötten am Bett, „den hast du in der Nacht schon malträtiert, schau mal die ganzen Federn liegen auf dir und überall verteilt." „Dios mio,"[21] Martin ist plötzlich hellwach, „das Teil sieht ja erbärmlich aus, total hinüber, wohl nicht mehr zu retten." „Na hoffentlich bist du noch zu retten," lacht Lulu, setzt sich auf die Bettkante und hält ihm den Kaffee unter die Nase. Martin setzt sich auf, riecht an dem Kaffee und meint: „den habe ich eben schon im Halbschlaf gerochen." Durch die Fensterscheibe blendet ihn ein warmer Sonnenstrahl, er blinzelt und schaut draußen auf den rosablühenden Oleander. „Trink und komm erstmal zu dir," Lulu hebt ihren Becher, „was war denn los hier bei dir die Nacht? Du hast laut -Grüne Hölle- geschrien." Martin fährt sich mit einer Hand durch die Haare. *Eine schöne Geste findet Lulu,* *irgendwie etwas verloren und doch männlich.* Lulu kann nicht anders, sie umarmt Martin, sagt: „Die Wirklichkeit hat auch dich wieder. Nimm dir unten Obst und Croissant, ich muss nach Málaga. Dein Autoschlüssel liegt unten auf dem Tisch und zieh die Tür nur ran." „Gracias Lulu".

Gewinnmaximierung oder Altersvorsorge

Und was macht man mit den Sorgen davor? 10. August, Lulu winkt Viola zu, die mit ihrem kleinen Rolly Handgepäck durch den Zoll ist und aus dem Flughafengebäude von Málaga in´s helle Sonnenlicht tritt. Die zwei Frauen umarmen sich herzlich. Viola dreht Lulu einmal herum. „Naja meine liebe Mama, ein kleines Bäuchlein ist ja schon zu sehen. Die BH's passen nicht mehr so richtig, aber du siehst rosig aus. Macht der Zwerg in deinen Ruhephasen mit dir zusammen Yoga?" „Meinst du, der verpasst mir schon mal den einen oder anderen Tritt? Ich dachte ich hätte Blähungen." Sie lachen beide. Sind am Auto angekommen. „Wir fahren jetzt erst zu Élena, sie hat einen kleinen Snack für uns vorbereitet, außerdem möchte sie gerne, dass du dir Arbeiten ihrer Neuentdeckung aus Barcelona anschaust." „Ja schön machen wir, ich habe auch viele Skizzen von Hafenmotiven aus Hamburg dabei," freut sich Viola.

Martin wälzt sich in einer Blechlavine auf der gut ausgebauten Straße A397 von Ronda die Berge runter an die Küste. Er hat ein letztes Mal gemeinsam mit Sánchez die Pistaziensetzlinge begutachtet. Scheint alles gut zu sein, nun kann eine der ältesten Kulturpflanzen der Welt sich weiterentwickeln und auf natürlichem Wege gedeihen. Wenn Martin das erste Mal Pfropfungen und Rückschnitte machen muss, will Sánchez ihm alles zeigen und gerne helfen, falls es Probleme geben sollte. Martin will an die Küste fahren, bevor er sich mit Rosa in seiner Finka im Büro trifft. Er hat noch eine Verabredung mit einer Schwedin, die zwischen Manilva und Estepona mit ökologischem Anbau von Aloe Vera Erfolg hat. Die gute Frau ist aber leider auf ihrer Finka, im Büro oder den Produktionsstätten, was alles inmitten der Felder liegt, nicht anwesend. Sie musste spontan zu wichtigen Begegnungen und Verhandlungen nach Brasilien. Heiler eines indigenen Volkes im Nordosten der Regenwälder sind bereit, ihr außergewöhnliches Wissen über Pflanzenwirkstoffe, speziell an sie weiterzugeben. *Sehr interessant!* denkt er, *das muss ich Viola erzählen.* Er will sich aber erst einmal über den Anbau, die Ernte und Weiterverarbeitung der Heilpflanze Aloe Vera schlau machen. Er beginnt zu verstehen, dass alles ein komplexes Thema ist. Es viel zu informieren und zu lernen gibt für ihn. Er könnte sich vorstellen, dass Viola dies auch fasziniert. Sie hat ja im Dschungel von Bolivien und im Amazonasgebiet von Peru bereits Einblicke durch Indiofrauen und Schamanen in die Welt der giftigen und heilend wirkenden Pflanzen gehabt. Zurück zur Aloe Vera, es gibt 250 unterschiedliche Sorten, aber nur drei bis vier haben heilende und medizinische Eigenschaften. Das Klima für den Anbau im Mittelmeerraum ist günstig, besonders in Andalusien perfekt. Die

Produkte von hier haben alle Bio-Gütesiegel und sollen die besten der Welt sein. Die Felder sollten nicht mehr als 10km entfernt vom Meer liegen. Allerdings fühlt sich die Aloe Vera besonders wohl und heimisch in Äquatornähe. In Andalusien gibt es doch wesentliche Temperaturschwankungen. Im Sommer 40 Grad, im Winter bis auf 5 Grad runter.Die Pflanze hat sich darauf eingestellt und lässt ihre Haut der stacheligen Blätter einfach dicker werden und entwickelt dadurch noch mehr Inhaltsstoffe, Vitamine und Mineralien, als ihre Schwestern vom Äquator. Der Hauptstoff heißt Aloerose. In den Bergen von Andalusien, im Hinterland wäre es zu kalt. Die Pflanze mag keine Temperaturen unter 0°. Laut sagt Martin: „Na also, ganz anders als die Pistazie. Lage ist eben besonders wichtig, wie bei Immobilien. Wie komme ich jetzt da drauf?" Er nimmt sich vom Büro der „Finca La Vera" Infomaterial mit. Will sich nach dem August, wenn die Ernte der reifen Blätter beginnt, die Weiterverabeitung und Herstellung der Produkte von der geelartigen Masse des Inneren eines Blattes genau ansehen. Es gibt hier zwei campesinos,[18] die ihre Aloe Vera Felder verkaufen wollen und bisher ihre Ernten an die „Finca La Vera" geliefert haben. Martin wähnt sich in der Zukunft, das wäre für ihn ein Einstieg, wenn er deren Felder erwerben kann. Es gab bereits Gespräche. Also weiter an der Sache dran bleiben. Ist evtl. alles viel Neuland für Martin. Pistazien, Aloe Vera zusätzlich zum Wein,

Olivenöl, Avocadobäumen. Muss er sich wohl neu sortieren.

Heute Abend ist Martin bei Viola und Lulu zum Essen bestellt. Die Mädels wollen kochen. Darauf freut er sich und endlich nach über einem Monat Viola mal wieder in die Arme nehmen. Jetzt aber rasch von Estepona nach Manilva nachhause. Mit Rosa abgekürzte Besprechung, duschen, frische Jeans, T-Shirt. Nee, wo ist das Hemd, das Viola so sexy findet? Zwei Flaschen blanco,[24] von seinem Manilva, zwei Flaschen tinto,[24] Rioja „El Coto" gran Reserva.[25] Alles in seine marokkanische kleine Reisetasche aus Kamelleder zu den Spontan-Übernachtungs-Utensilien eines Mannes. Also sehr wenig. Die Weinflaschen nehmen den meisten Platz in der Tasche ein. Rosa ist bereits rüber in ihre Casita (Gästehaus), Martin muss also abschließen und los. Er hat bei Viola noch angerufen, dass er hofft, kurz nach 21:00 Uhr in Benahavís zu sein. Viola meinte er solle sich keinen Stress machen, nicht so rasen und ein -ich freue mich auf dich- hängt sie noch an. Der Verkehr hat sich etwas aufgelöst, früher als gedacht ist er in Benahavís. Die Tür von Lulu´s Finka steht offen. Martin braucht nur die Moskito-Fliegengittertür aufzustoßen: „Hola chicas,[13] oh hier duftet es ja schon lecker," er umarmt Lulu, streicht dabei über ihr Bäuchlein. Sie piekst gerade mit einer Riesengabel in eine etwas gelb-bräunliche Masse in einer Auflaufform im Backofen. „Hola Martin, Viola ist oben, sie hat sich gerade mit Currysauce bekleckert." Martin stellt den Wein auf den Tisch und ist gleich dabei, einen Roten schon mal zu öffnen. Als Viola in einem kurzen, engen, schwarzen T-Shirtkleid barfuß die Treppe runter kommt, rutscht Martin der Flaschenöffner aus der Hand, er eilt zur Treppe und Viola lässt sich von der vorletzten Stufe in seine Arme fallen. Lange bleiben sie so umschlungen stehen, bis Lulu ruft: „Wollt ihr da Wurzeln schlagen und festwachsen oder kann jemand schon mal den Tisch decken!" Noch ein langer Kuss, dann sprinten beide an den Tisch. Viola deckt für sechs Personen. „Erwartet ihr noch mehr Gäste?" fragt Martin erstaunt. „Überraschung" rufen die Mädels wie aus einem Munde. In diesem Moment kommen Carmen, Antonio und José mit großem Hallo herein. Besos,[5] abrazos[26], noch mehr Flaschen gesellen sich zu den anderen. Carmen stellt eine riesige Schüssel Postres[27] in den großen silberfarbenen Kühlschrank. Es gibt ziemlich gesunde, leckere Sachen. Entradas,[28] eingelegte Paprika und Auberginen, grüne und schwarze Oliven, jamón serrano[29] speziell -pata negra-[30]. Dieser jamón ist besonders zart und milde von domestizierten schwarzen Wildschweinen, welche hauptsächlich mit Eicheln gefüttert werden. Das ist ihre Lieblingsspeise, weil sie früher in Eichelwäldern gelebt haben. Bei monatelanger Reifezeit in Höhlen erhält dieser Schinken seinen besonderen Geschmack. Natürlich gibt es auch Queso

Manchego[31] dazu frische Datteln aus Marokko. Dann Couscous mit Lamm, Huhn oder nur Gemüse und Pflaumen. Gemüseauflauf mit überbackenem Ziegenkäse, rotes Quinoa. Wer mag trinkt cerveza,[3] tinto,[24] blanco,[24] für Lulu nur Wasser mit Limone, Minze oder Granatapfelsaft. Für einige Zeit ist es ruhig in der Runde am Tisch. Man lobt die köstlichen Speisen mit vollen Backen. Zum Nachtisch gibt es Café solo,[12] Carmen stellt ihre mitgebrachte Limonencreme auf den Tisch. Die Bäuche scheinen sehr zufrieden, doch das bedeutet in Spanien nicht, dass der Geist schlapp macht. Es entstehen kontroverse Gespräche über aktuelle politische Ereignisse speziell Andalusien betreffend, z.B. über den Tourismus. Natürlich auch über die Unabhängigkeitsbestrebungen Kataloniens. Wie groß ist die Gefahr für Europa, wenn so ein Land wie Spanien zerbricht. --- Die campesinos klagen über unverhältnismäßig hohen Wasserverbrauch der vielen Golfplätze hier in Andalusien. Ja, die Bauern haben es nie leicht gehabt, ist die allgemeine Meinung, dabei sei die Landwirtschaft für alle Menschen doch wichtig. Man möchte von Martin etwas über seine neuen Zukunftsprojekte erfahren. Viola horcht auf. Sie steht mit Lulu in der offenen Küchenzeile und hält inne mit dem Geschirrgeklapper. José meint, das mit den Pistazien sei eine gute Sache, aber doch wohl nicht weniger Arbeit als das Olivenölgeschäft. „Martin vespricht sich damit aber mehr Gewinn," wirft Viola ein. Lulu stößt sie an:

„Nun lass ihn doch erst einmal erzählen." Antonio und José haben viele Fragen und finden die allgemeine Entwicklung neuer Anbauprodukte in Andalusien wie Pistazien, Quinoa, Trüffel sehr interessant. Man sollte immer offen sein für neue Märkte. Martin will in drei Jahren die Umstellung geschafft haben. Die Oliven- und Avocadobäume verpachten, bzw. später verkaufen, wenn alles andere nach wie vor läuft, sein Wein, dazu Pistazien, Aloe Vera, evtl. Quinoa. Beendet sein Statement: „Die ersten Jahre ist Risiko, viel Arbeit, genaue Kalkulation, Durchstehvermögen. Später hoffe ich, dass alles ein Selbstläufer wird und ich fünf Jahre früher in Rente gehen kann mit akzeptablem Auskommen." „Großgrundbesitzer," murmelt Viola Bevor die Stimmung jetzt kippt, schwenkt Lulu geschickt auf Kunst und Kultur um. Zu welchen großen und kleinen Veranstaltungen es sich lohnt vielleicht gemeinsam hinzugehen.

Dann möchten alle in der Runde, Martin möge sich doch oben an das Klavier von Viola setzen und bitte spielen und singen. Wunderbar dieser Mann. Viola geht hoch zu ihm, schaut wie seine Finger über die Tasten fliegen. Den letzten Bolero singen die beiden gemeinsam, „Bésame, bésame mucho..."[33] Als Martin den Klavierdeckel schließt, steht Viola hinter ihm, legt ihre Hände auf seine Schultern und küsst zärtlich seinen Nacken, sagt leise: „Du hombre[34] mit den grünen Augen, ich will dich küssen und lass uns

Liebe machen." Es ist 1:00 Uhr längst durch. Der Geschirrspüler wird morgen angestellt. Lulu schiebt Antonio, José und Carmen sanft aber bestimmt durch die Tür, wirft Viola Kusshand zu und verschwindet in ihre Koje

War das Essen so scharf?

Nach einer heißen, wilden Liebesnacht murmelt Viola morgens noch im Halbschlaf: „La comida erá muy picante."[35] Martin ist bereits eine Weile wach, liegt ganz ruhig da und schaut wieder aus dem Fenster auf den blühenden Oleanderbusch in dem grüne Sittiche lärmen. Nach seinem Urwald-Albtraum vor einigen Nächten, hat er den Oleander als Orchideen und die grünen Sittiche als Paradiesvögel gesehen. Das sind sie ja eigentlich auch. Diese Sittiche sind übrigens mal vor längerer Zeit von einem nahe gelegenen Wildtier-Abenteuer-Park aus ihrer Voliere entflogen und haben sich in der Freiheit fleißig vermehrt. Nie ist einer alleine und sie quatschen den ganzen Tag. Herrlich! Martin beugt sich über Viola, haucht ihr einen Kuss auf die Stirn und sagt: „Nein, nicht das scharfe Essen hat uns so wild übereinander herfallen lassen, sondern weil wir so lange getrennt waren meine schöne Löwin." „Hast du mein Feuer gelöscht du Wassermann?" säuselt Viola, „eigentlich müsstest du doch auch ein Feuerzeichen sein so wie ich, z.B. Schütze." „Unterschätz mal die Wassermänner nicht, die sind wie das Meer, mal täuschend ruhig...." „Ja ich weiß und dann die großen naturgewaltigen Wellen. Wusstest du eigentlich, dass am 27. Juli..." „Ja, du warst in Hamburg!" „...27. Juli erlebten wir eine Mondfinsternis im Vollmond auf der Achse Löwe –

Wassermann, der sogenannten Individualitätsachse. Die Sonne stand im Löwen, da durften wir ganz wichtig sein....." Martin unterbricht mit einem Augenzwinkern, „das seid ihr Löwen doch immer." „.....wichtig sein. Der Mond stand gegenüber im Wassermann. Der Wassermann-Mond bleibt gerne unverbindlich und möchte nicht konkret werden. Hey hombre,[34] ist das so?" Martin setzt sich auf und zeichnet mit beiden Armen einen Kreis in die Luft, sagt mit tiefer Stimme: „Ich sehe da etwas in meiner Glaskugel. Die Sternzeichen werden zu Planeten. Wassermann wird zum Mars....."„sowieso," wirft Viola ein. „.....und der Löwe zur Venus. Wenn Mars und Venus sich gegenüber stehen, erst dann können sie eine Vereinigung eingehen. Werden wir ZWEI – EINS sein." „Ja," Viola schaut nachdenklich: „Wenn der Mars von der Erde aus sichtbar ist, ist die Venus zur selben Zeit dies aber nicht immer, sie verschwindet aus dem Blickfeld der Erde und dem Mars." Jetzt schaut Martin nachdenklich, er nimmt ihren Kopf zwischen seine Hände: „Ist das so? Dann will Mars seiner Venus nochmal ganz fest in die Augen blicken und wieder auf die Erde hinabsteigen. Vielleicht macht die Löwin ihrem Wassermann jetzt einen Café?" „Martin, dein Element ist gar nicht Wasser, sondern Luft, aber sind wir ZWEI wie Feuer und Wasser?" „Manchmal hoffe ich es doch. Muss jetzt aber in das nasse Element und diese esoterische Betäubung abduschen." Er verheddert sich fluchend im Moskito-netz. Viola ist bereits unten an der Espressomaschine. Lulu hat Croissants hingestellt. Fliegender Wechsel im Bad, dann sitzen sich beide am Tisch gegenüber. Martin schaut glückselig lächelnd und verträumt in seinen Kaffeepott.Viola beobachtet ihn: „Martin?" „He?" „Muss dich mal ganz ernsthaftig etwas fragen," drängt Viola. „Nur zu, bin ganz bei dir." „Willst du nun wirklich für Pistazien, Aloe Vera und was sonst noch alles, deine Oliven- und Avocadobäume nur für mehr erhofften Gewinn, aufgeben? Und du meinst, früher als angedacht ein lustiges Leben als gut situi-erter Rentner anzusteuern?" Martin: „Ich muss dem Leben immer einen Magno[95] voraus sein. Sollte ich speziell meine Oliven- und Avocadobäume verpachten oder verkaufen, so bleiben sie ja dort stehen, wo sie sind. Sie gehören zu mir, ich liebe sie und spreche mit ihnen. Ich lebe mit meinen Gewächsen, dem Wein, den Oliven, den Avocados, mit den Insekten und der Erde. Ich möchte immer dabei sein, wenn jeweils für jede Frucht die Ernte beginnt. Ein silbergrüner Se-gen sind meine Olivenbäume, manche sind 200 Jahre alt. Eine höhere Gewinnmarge mit Pistazien ist das Eine, schließt das Andere, Ökologie, die Liebe zur Na-tur ja nicht aus." „Aber es ist der höhere Profit, der dich mit bald 50 Jahren antreibt noch so viel Risiko und zusätzliche Arbeit einzugehen. Du bist eben Feuer und Wasser in einer Person. Spielst göttlich

Klavier oder Gitarre, sprichst und singst poetische Texte zum Gänsehaut kriegen, und auch steckt in dir ein sehr männliches Prinzip, machen und die Dinge anpacken, gleichzeitig bist du ein knallhart kalkulierender Kaufmann. Du müsstest dich doch eigentlich schlapplachen, wenn ich dir von meinen Wertigkeiten, von meiner Perlenkette, den Erinnerungen, erzähle." Martin guckt sie erstaunt an: „Nein Viola, ich hatte und werde nie über deine Lebenseinstellung lachen, aber um dein Geld zu verdienen, musst ja auch du arbeiten. Lass uns die schöne Nacht doch nicht mit Nebensächlichkeiten zerreden." Viola: „Niemals, aber das gehört auch zum Leben dazu und ich nehme dich genau so wie du bist. Bin neugierig was ich noch alles so bei dir entdecken werde." Martin kippelt mit dem Stuhl nach hinten, legt eine Hand auf den Magen und sagt: „ Also mich überfällt plötzlich das überwältigende Gefühl - ich liebe Käse - den von Schafen und Ziegen." „Passt allerdings eher zu Rotwein, als zu deinem Manilva," meint Viola, „wenn du mal richtig hinschmecken würdest. Wahrscheinlich magst du auch Saubohnensalat und ich möchte weder dabei sein, wenn du den isst, noch wenn er als gasförmige Substanz deinen edlen Körper wieder verlässt." Martin greift über den Tisch nach ihren Armen: „Zweifelst du etwa an meinen Geschmacksnerven, und wie kommst du jetzt auf Saubohnen? Gibt es nun Ziegenkäse im Kühlschrank? Ich weiß, ich rede hier gerade bodenlosen Blödsinn." „Ja, das machst du immer ganz geschickt, wenn ich mit dir, wie du es nennst, über Nebensächlichkeiten reden will." Viola öffnet den Kühli: „Keine Schafe und Ziegen anwesend." „Gut dann zisch ich jetzt mal nach Manilva für meine Rente arbeiten," Martin steht auch auf und greift sich Viola. Mit einem Arm hält er sie in der Taille und zieht sie an sich. Viola legt ihre Arme um seinen Hals und küsst ihn sehr lange und intensiv. „War das jetzt ein langer Abschiedskuss?" Er streicht ihr mit einer Hand die wilden Haare nach hinten: „Sehen wir uns am Wochenende bei mir?" „Ja, wenn du mit mir abends nackt baden gehst," Viola zieht die Augenbrauen hoch und schaut ihn herausfordernd an." „Claro, wenn du Löwenweib denn schwimmen kannst!"

Wenn die Seele auf Wanderschaft geht

Auf der Fahrt denkt Martin etwas verunsichert über diesen langen, intensiven Kuss nach. Warum eigentlich? Der war doch nicht ungewöhnlich zwischen ihnen. Er hat das Gefühl, Viola wollte ihm noch etwas sagen. Etwas beunruhigend Wichtiges? Mal kommt die Liebe im Schneckentempo, uns hat sie mit voller Wucht überfallen. Dann denkt er daran, was Viola letzte Nacht gesagt hat. --Manchmal können wir EINS sein, das ist wunderschön, doch muss jeder von Zeit zu Zeit ganz alleine, sozusagen als Einzelwesen nur für sich bleiben. -- Warum habe ich ab und an das ungute Gefühl, ich kann mir ihrer Liebe nicht ganz sicher sein? Muss sie mal fragen, ob ihr das mit mir ähnlich geht.

Mitte August ist vorbei. Das Nacktbaden mit Martin in einer Bucht außerhalb von Estepona hat Viola abgesagt, also verschoben. Wie weit nach hinten hat sie lieber nicht gesagt. Sie wird auch erst im November die Kurse mit den Kunststudenten beginnen. Heute am Vormittag ist sie auf dem Weg zu Élena, sie wollen gemeinsam 20 Werke von Viola für den Galeristen in London auswählen. Verpackung, Transport und Konditionen erledigt alles Élena. Sie wird im September auch persönlich nach London fliegen. Viola hat für die nächsten 2-3 Monate ganz andere Pläne, sie will sich einen langersehnten Wunsch erfüllen. Etwas, was Martin gar nicht gefallen wird. Heute Mittag trifft sie sich dann mit Lulu, die in ihren Produktionsstätten in Málaga ist. Sie beide wollen alles genau besprechen. Die Schwangerschaft von Lulu verläuft ja bis jetzt problemlos. Stichtag? Möglicherweise wird es ein Christkind oder ein Silvesterscherz. Viola will nochmals versuchen Lulu anzuregen, doch dem Dr. der Gynäkologie, dem Jorge aus Cuba, ihm von seiner Vaterschaft zu erzählen. Lulu hingegen will ihrer Freundin dies ausreden, ihr dafür aber anraten, dass Viola ihre Reise nach Südamerika doch bitte noch vorher Martin mitteilt. Nach vielem Hin und Her, worüber das Futtern von Nudeln und Salatblättern fast zum Erliegen kommt, bleiben beide bei ihrer sich vorgenommenen Entscheidung. Hierbei will Jede allerdings die Andere unterstützen. Wobei jemandem etwas Wichtiges, was ihn betrifft, zu verschweigen, kommt einer Lüge doch sehr nah. Bei Jorge ist es einfach, Lulu trifft ihn ja absichtlich nicht mehr, obwohl er auf weitere Zusammenkünfte gehofft hat. Bei Martin ist es natürlich äußerst schwierig, dass Lulu über ein so langes Verschwinden von Viola nichts zu berichten weiß. Da bietet sich nur ein wenig Verzögerungstaktik an. Selbst das wird Lulu schwerfallen, dafür hat sie Martin viel zu gerne. Jorge musste ohne von Lulu Abschied nehmen zu können Anfang September nach Habana abfliegen. --- Martin und Rosa mit ihren Erntehelfern stecken noch in der fast beendeten Weinlese. Die Reben sind bei allen Winzern in den Hügeln von Manilva so gut wie abgeerntet und man verspricht sich einen guten Jahrgang. --- Währenddessen Viola gerade durch die Sicherheitskontrolle am Flughafen von Madrid ist. In 45 Minuten geht ihr Flug nach Buenos Aires. Sie hat bei Lulu einen Brief für Martin hinterlassen, in dem sie ihm zu erklären versucht, wie wichtig ihr diese Reise und Auszeit von ca zwei bis drei Monaten ist. Es fiel ihr schwer die richtigen Worte zu finden, ohne ihn zu verletzen. Viola befürchtet allerdings, dass ihr dies nicht wirklich gelungen ist. Für eine Zeit mit ihrer Seele auf Wanderschaft gehen und ganz für sich alleine sein. Manche gehen für einige Monate in ein Buddhistisches Kloster. Viola will noch einmal, für sie wichtige Orte in Lateinamerika aufsuchen. Am Anfang also nicht ganz alleine sein. Ihre erste Station wird sie bei Miguel in Buenos Aires verbringen, auch um Tango zu tanzen. Dann nach Patagonien zu einem Freund von Miguel auf eine einfache Estancia (Hacienda). Hier wird sie sich täglich zu Pferd draußen aufhalten, mit den Männern bei den Schafen sein, abends am Lagerfeuer sitzen. Gitarren und Mundharmonika werden hervorgeholt und es wird zusammen gesungen. Für diese Zeit muss Viola sich nur von Schaffleisch ernähren. Zurück nach Buenos Aires um einen Inlandflug nach Puerto Iguazu, in das Länderdreieck Paraguay, Brasilien, Argentinien machen, hier die überwältigenden Iguazu-Wasserfälle nochmals zu bestaunen. „Iguazu" heißt in Quechua, der Sprache der Indios, „Großes Wasser." Hier will sie zwei Nächte bleiben in einem einfachen Hostal. Von Puerto Iguazu mit einem Überlandbus Richtung Corrientes/Resistenzia. Beide Städte gehen ineinander über gelegen am Rio Paraná, welcher einen langen Weg hat bis in das große Flussdelta Rio de la Plata zwischen Buenos Aires und Uruguay, um im Atlantik zu münden. Von Resistenzia weiter in den Nord-Westen nach Salta, insgesamt 13 Stunden mit dem Bus. In Salta will Viola eine Nacht bleiben, um die nächsten zwei Tage mit einem Mini Track durch die Quebrada[36] -la Flechazu fahren. Eine prächtige Felslandschaft in allen Farben der Palette. Von Violett über Rot, Ocker, Orange bis hin zu Grün und Weiß schimmern die Felswände, die durch Wind und Wetter zu bizarren Formen geschliffen wurden. Durch die Quebrada -de las Conchas- eine 80km lange Schlucht. Viola weiß, dass sie über die Formen und Farben der Felswände ins Träumen gerät und gar nicht wieder herausfindet. Unbedingt will sie noch einmal durch -La Garganta del Diablo- die Teufelsschlucht. Eine einfache Übernachtung in Cafayate, zurück gen Norden nach Salta. Zwei Tage Pause einlegen, um dann nochmals eine lange Tour mit einem Überlandbus nach Bolivien zu machen. Im Dschungel, in der Nähe von Santa Cruz, wird Viola ihre amiga, eine Schamanin, die indígena (Indiofrau)

Luzmila-Serafina treffen. Das wird ihr Ziel sein und dort beginnt ihre eigentliche Seelenwanderung.

September, Lulu macht sich Sorgen um Martin. Er hatte bei ihr angerufen, weil er Viola nicht erreicht, vielmehr, sie würde sich seit zwei Wochen nicht zurückmelden. Lulu hatte keine blödere Ausrede als: Viola sei in Málaga, mit Èlena Pläne für das nächste Jahr ausarbeiten, Bilder sortieren und solch Zeug. Sei ja kein Grund, sich nicht zu melden meinte Martin zu recht. Lulu hat ein Scheissgefühl. Sie möchte Martin den Brief von Viola geben und ruft ihn später zurück. Er meldet sich mit rauher Stimme, wie mit belegter Zunge. Abgearbeitet oder hat er zu viele Weinproben gehabt? Lulu fragt fröhlich: „Was machst du gerade?" „Verzweifeln." --Pause-- „Oh, em, ja, magst du mal zu uns kommen?" Martin spürt, das etwas nicht in Ordnung ist, fragt gar nicht lange nach Viola, nur: „Heute frühen Abend?" „Wann immer es dir passt, wir sind ja hier." Mit wir meint Lulu sich und den Zwerg in ihrem Bauch. Natürlich ist ihr klar, dass sie Martin mit diesem WIR getäuscht hat. Als er abends bei Lulu eintrifft, fragt er nur kurz mit einem Blick nach oben: „Wo ist sie?" Lulu reicht ihm den Brief von Viola, schenkt ihm einen kleinen Schluck Magno ein mit den Worten: „Setz dich bitte." Sämtliche Farbe verlässt schlagartig sein sonnengebräuntes Gesicht. Er setzt sich, öffnet den Umschlag, der nicht fest verschlossen ist, mit nicht ganz ruhigen Händen. Als er den Brief herausnimmt denkt er plötzlich: *Wenn es einen Anfang gab, gibt es dann zwangsläufig auch ein Ende? Bitte nicht immer.*...Lulu verlässt den Raum.

Benahavís, 20. August 2018

Liebster Martin, wegzufahren und dir nur einen Brief hinterlassen ist feige; doch ich kann nur beim Schreiben in Ruhe, wie ich hoffe, die richtigen Worte finden. Ich wollte schon seit längerer Zeit mir einen lang ersehnten Wunsch erfüllen. Nochmals nach Südamerika reisen, um einige Orte und Begegnungen aufzusuchen bzw. zu durchleben. Unsere Liebe Martin, kam mir einfach nur zeitlich dazwischen. Keiner weiß wie das Leben verläuft. Vielleicht begegnen wir uns noch einmal unter völlig anderen Bedingungen. Eine kleine Zutat fehlt glaube ich manchmal. So wie eine Farbe auf meiner Leinwand, ich weiß aber nicht welche. Weißt du es? Dann sag es mir. Martin: *Dir fehlt das Abenteuer, mir allerdings bist DU Abenteuer genug.* Wenn ich alleine auf meinem großen Bett liege, spüre ich das fast schmerzliche Sehnen deiner Abwesenheit und habe Angst, dass ich es irgendwann nicht mehr fühlen kann. Dann zieh ich ein von dir getragenes T-shirt an, wovon ich ja immer eines unter meinem Kopfkissen aufgerollt verwahre. An manchen Abenden lege ich es mir auch nur über mein Gesicht, knülle es über Mund und Nase zusammen, atme intensiv dein Arom ein, welches mich an Erde erinnert.

Dann empfinde ich imaginär, wie deine Arme sich um meinen Körper legen. Wenn ich an deiner Haut rieche, deinen herb männlichen Duft wahrnehme, als würde ich Nektar atmen, den ich direkt aus deinem Inneren aufsauge. Diesen, deinen Hautgeruch werde ich für immer in mir tragen. Ich liebe dich so sehr Martin; doch manchmal zweifel ich, ob ich überhaupt zu so einer mächtigen Liebe fähig bin und dass die Angst kommt, weil der Tod sich diese große Liebe holen wird. Vielleicht ist ja der Tod so schön wie das Leben. Wenn ich sterbe, könnte ich dich noch mehr lieben ohne Ende. Ich habe auch Angst, wenn du eines Tages in meine Augen blickst und nichts mehr darin entdecken kannst. Ich dir nicht mehr genüge. Martin: *Dein Lächeln ließ meine Träume wahr werden Viola.*

El tiempo pasa apresuradamente
Mi noche se ha vuelto harapos
y todo es silencio sin ti.
Ayer junto a mi, hoy busco tu calor,
pero te has ido, ya no estas aqui.
Comienza a dudar,
si mi corazon o el tuyo se equivocaron.
No sabía que con mi edad
podria volver a anhelar tanto.
Mis lindos días marchan silenciosamente
en noches tranquilas.

Pero te tomo, te acurruco en mi alma,
hasta el amanecer.
Tus manos se llevaron mis sueños oscuros,
mi tristeza se ha esfumado,
pero mi añoranza han quedado.

Die Zeit so schnell vorbeigeeilt

Meine Nacht ist in schwarze Fetzen zerrissen
es ist so still ohne dich.
Gestern warst du noch neben mir
Heute such ich deine warme Haut
doch du bist fort, nicht mehr hier.
Schon fange ich zu zweifeln an
hat sich mein Herz oder deines doch verirrt?
Ich wusste nicht, dass ich mich in späten Jahren
noch so sehnen sollte.
Meine bunten Tage gehen auf leisen Sohlen dahin
in sehr stille Nächte
dann nehme ich dich mit
schließe dich in meine Seele ein
bis dass es Morgen wird.
Schwarze Träume auf deinen Händen fortgetragen
haben sie die Trauer mitgenommen
doch meine Sehnsucht bleibt.

Übrigens habe ich ein T-Shirt von dir dabei. Ich nehme dich also mit auf meine große Reise. Nun bin ich
hier, doch der Atlantik kann uns nicht trennen. Am

Ende meiner Wanderung werde ich im Urwald von Bolivien bei einer Schamanin, meiner amiga Luzmila-Serafina sein. Sie ist sehr weise, wird mich viel über Heilpflanzen und Gifte lehren. Wir werden Rituale durchführen, bei denen wir nicht mehr ganz von dieser Welt sind. Vielleicht weiß ich danach Vieles über mich, von dem ich nicht die leiseste Ahnung hatte. Ich werde also eine ganze Menge lernen. Ich hoffe du verstehst, ich muss dies alles ohne dich tun und wünsche dir und mir, dass der Zauber unserer Liebe niemals endet. Was ich jetzt bereits weiß: Die drei Worte, im Spanischen sind es nur zwei -te quiero- müssen nicht unbedingt ausgesprochen werden. Zu manchen Gefühlen, über manche übersinnliche Ansammlung von Momenten gibt es keine Worte, weil das wäre zu simpel. Keine Sprache, auch wenn sie noch so sensibel und poetisch, kann dies ausdrücken. Über dieses Etwas lässt sich nur schweigen. In absoluter Stille.

Deine Viola

Zum Tango gehören immer zwei

Martin lässt den Brief sinken. Als Lulu wieder am Tisch erscheint, blinzelt er sie mit feuchten Augen an. Sie schiebt ihm das Glas mit dem Magno rüber, welches er nimmt und den Inhalt wie im Trance hinunterkippt. Wischt sich mit dem Handrücken über den Mund und über die Augen, sagt dann mit fester Stimme, blickt auf ihre kleine Bauchwölbung: „Holt ihr mir mal einen tragbaren Rechner, ich brauche einen Flug nach Buenos Aires." Lulu schaut ihn mit großen Augen an, dreht sich auf den Hacken um und sitzt kurz darauf mit ihrem Laptop neben Martin. Jeden Mittwoch und Freitag fliegt Iberia rüber. Martin hastig: „ Buchen! Halt warte, ich brauche noch fünf bis sechs Tage, den Rest schafft Rosa ohne mich. Lulu findet am Mittwoch, den 19. September eine Möglichkeit: „Nur HIN?" „Sí claro, ich muss sie in der Pampa ja erst einmal finden." Lulu holt Unterlagen von Viola´s Reiseroute. Drückt Martin alles in die Hand mit den Worten: „Das Wichtigste ist Miguel, er ist deine Anlaufadresse in Buenos Aires. Er wird dir weiterhelfen." Martin umarmt Lulu. „Wir telefonieren oder sehen uns noch vorher." Dann verlässt er wie auf der Flucht die Finka.

Buenos Aires

Der Flieger setzt hart auf. Martin kommt mit seinem Rucksack sauber durch die Kontrollen. Er schnappt sich eine Taxe, zeigt dem Taxifahrer die Adresse von Miguel und macht vorher einen Preis ab. Die Fahrt ist ziemlich lang bis in den Stadtteil San Telmo. Direkt an der Plaza Dorrego steigt Martin aus. Er schwingt sich seinen Rucksack über eine Schulter, lässt seinen Blick schweifen. Entdeckt an einer Ecke ein Café, er braucht jetzt erstmal einen cortado.[37] Seine Uhr zeigt ihm spanische Zeit 14:00 Uhr, dann ist es hier höchstens 10:00 Uhr Vormittag. Das Café könnte auch eine Bar sein, es hängt noch der Geruch von Bier in der Luft. Er setzt sich an den Tresen, der Barmann stellt ihm ein Glas Wasser und eine Schale Erdnüsse hin. Martin bestellt sich einen Café cortado,[37] dazu zwei media-lunas[38] kleine süße krosse Hörnchen. Ein Traum von einem Frühstück. Gleich noch einen Café con leche[39] hinteran und zwei mal Gebäck. Die meisten Argentinier nehmen nur ungesüßten schwarzen Kaffee. Ein Frühstück wie in Südeuropa, weniger als spärlich. Martin fragt seinen Nachbarn nach der calle[40] Carlos Calvo und ob er die Tanzschule „Tango Miguel" kennt. Claro, auf der anderen Seite hinter der Plaza. Martin überlegt, ob er so früh schon bei Miguel auftauchen kann. Mit seinem Handy hat er hier keinen Empfang. Sein Tresennachbar reicht ihm seines mit den Worten: „Europa verdad?"[41] Martin nickt und tippt die Nummer von Miguel ein. Es läuft ein Band -Tango Miguel mit Öffnungszeiten bla, bla.... Martin zahlt, er hat das Bedürfnis sich die Füße zu vertreten. Draußen schaut er sich um, holt den Stadtplan aus seinem Rucksack, findet die Plaza Dorrego und auch die calle/Carlos Calvo. „Aha" Martin setzt die Sonnenbrille auf, rückt den Rucksack zurecht und marschiert durch die Mitte über den Platz, auf dem nun schon richtig Leben ist. In der Carlos Calvo sucht er die zum Teil heruntergekommenden Gebäude auf beiden Seiten ab. Eine Hausnummer hat er nicht. Die Straßen und Avenidas sind hier alle sehr lang. Er geht zu einem kleinen Gemüsehändler und fragt nach der Tanzschule Miguel. „Está muy cerca"[42] „Aha, gracias."[43] 200 Meter links runter steht er plötzlich vor einem Garagentor, welches etwas zurück versetzt liegt, auf dem ein Schild ist - Tango Miguel. - In dem Wellblechtor befindet sich eine Tür. Eine Klingel entdeckt Martin nicht, doch die Tür lässt sich ganz leicht öffnen. Martin steht wie angewurzelt in einem recht großen Innenhof. In einer Ecke stehen zwei alte Autos und ein Motorrad, aber es gibt auch Apfelsinen- und Zitronenbäume ringsum sowie blühende Sträucher. Sehr hübsch. Lärm und Schmutz der Straße scheinen hier keinen Zugang zu haben. Der Hof ist in sich geschlossen durch einstöckige Gebäude. Gegenüber befindet sich eine zweite Toreinfahrt, welche geöffnet ist. Durch diese kommt gerade ein junger Mann auf einem Moped geknattert. Hält bei den anderen Fahrzeugen, nimmt den Helm ab unter dem strubbelige blonde Haare erscheinen, verschwindet mit einer großen Papiertüte durch eine Haustür. Martin steuert langsam auf diese Tür zu, kommt an ein großes geöffnetes Fenster, aus dem Raum ist Tangomusik zu hören. Er schaut hinein, sieht den jungen Mann mit den Strubbelhaaren in inniger Umarmung mit ….ja das ist doch Miguel….? Die beiden schieben ein paar Tangoschritte und küssen sich, als die Musik endet. Martin steht mit offenem Mund, seine Gedanken überschlagen sich: *Dann gab es ja niemals Viola und Miguel als Paar.* Miguel bindet geschickt die langen schwarzen Haare über seine Finger gezwirbelt zu einem Knoten am Hinterkopf fest, dreht sich zum Fenster und sieht Martin. Kommt mit tänzerischen Schritten über den glatten Holzfußboden und strahlendem Lächeln auf ihn zu. „Hola Martin mi amigo, que haces aquí?"[44] Na so eine freudige Begrüßung. Miguel ruft dem Strubbelkopf zu, er möchte für seinen amigo alemán[45] mal die Tür öffnen. Martin und Miguel umarmen sich herzlich und klopfen sich gegenseitig sehr männlich auf die Schultern. Miguel stellt den Blonden als Roberto -mi compañero de vida, mi pareja-[46] vor und Martin als solchen von Viola. Roberto und Martin begrüßen sich mit festem Händedruck. Roberto ruft auf dem Weg zu einem offenen Küchentresen „Bienvenido al desayuno."[47] Martin lässt seinen Rucksack auf den Boden gleiten, er ist sehr dankbar über diesen freundlichen Empfang und nimmt gerne noch einen dritten Café con leche.[39] Aus der Tüte zaubert Roberto herrliche Croissants hervor. Miguel fragt Martin: „Du willst Tango tanzen lernen und Viola überraschen damit?" Martin hält inne vom Croissant abzubeißen: „Im gewissen Sinne beides. Ja also einige Schritte Tango tanzen zu können wäre eine gute Sache. Aber ich bin hauptsächlich gekommen, um Viola, wo auch immer, zu finden. Ihre Reiseroute hat mir Lulu mitgegeben." Aus einer Seitentasche seines Rucksacks holt er diese zum Vorschein. Roberto und Miguel sehen sich an und wiegen mit den Köpfen. Miguel fragt: „Du willst sie aber jetzt nicht im Urwald von Bolivien suchen? Dort ist sie nämlich in ca. fünf Tagen. Du kannst gerne hier bei uns wohnen, wir zeigen dir unsere geile Stadt, in der das Leben 24 Stunden täglich pulsiert. Fühlst dich schon mal ein wenig in die Tangomusik ein und lernst nebenbei die ersten Schritte. Kannst Tagesausflüge machen oder auch größere Touren, aber nach Bolivien, -Che- raten wir dir ab." Roberto nickt zustimmend. Martin etwas zögernd: „Aber dieser sogenannte Dschungel, wo Viola die Schamanin treffen will, ist doch ein Parque Nacional – der Amboró, wenn sie dort hinkommt, werde ich es doch auch schaffen können."

Che - „Che" Guevara - Ernesto Guevara, geboren 1928 in Argentinien, ein Intellektueller und marxistischer Revolutionär, Held der Cubanischen Revolution 1959. Nach seinem gewaltsamen Tod, 9.10.1967 von den bolivianischen Militärs erschossen, wurde er zum Mythos. Eine umstrittene Figur, doch seine Popularität ist ungebrochen! Die Anrede/Begrüßung - Che – unter Freunden in Argentinien und Uruguay bedeutet so viel wie - Hey du - Das Wort Che stammt ursprünglich von dem indigenen Volk der Mapuche (Süden Chiles/Südwesten Argentiniens) und bedeutet: „Mensch/Menschen der Erde."

Martin schaut nachdenklich zu den beiden. Miguel meint: „Claro Martin ein Parque Nacional, also geschützter Urwald aber man kann dort nicht einfach so hineinspazieren. Ich werde dir die Tage mehr darüber erzählen. Sich in Buenos Aires und Santiago de Chile zurecht zu finden oder auch zu leben, ist für Europäer eine ganz einfache Sache, weil es hier ähnlich wie in einer Stadt in Südeuropa ist. Der Rest des Landes oder Bolivien und andere Länder Lateinamerikas sind eine andere Hausnummer." Roberto will Martin etwas aufmuntern: „Komm, ich zeige dir oben unser einfaches Gästezimmer mit Dusche, du machst dich frisch und schläfst ein paar Stunden nach dem langen Flug." Miguel fügt hinzu: „Heute Abend haben wir hier eine Milonga,[48] dann kannst du schon mal den Tango in dich aufnehmen und verinnerlichen. Die tanzenden Paare beobachten, du wirst feststellen, das ist keine Solo-Sache, sondern ein Traum nur zu zweit. Du träumst schon mal ein wenig von Viola. In spätestens sechs Wochen wird sie hier auftauchen."

Roberto steht schon an der Tür, Martin schnappt sich sein Gepäck: „Ihr seid supernett Jungs, danke."

Miguel hat seine liebe Mühe Martin die Grundhaltung des Mannes beim Tango schonungslos zu vermitteln. „Hombre[34] du darfst, nein du musst sogar die Frau führen. Tango heißt (lat.) ich berühre, du sollst sie aber nicht umklammern, als wenn du sie in Handschellen abführst. Sie möchte mit geschlossenen Augen spüren, was und wohin du mit ihr willst." Das war vor zwei Wochen. Den Zweivierteltakt kann Martin dank seiner Musikalität schnell umsetzen. Erstaunlich gut hat er auch bei täglichem Unterricht die Haltung, Umarmung, die Schritte, Drehungen, die Führung, sogar schon Improvisation erlernt. Wobei seine Partnerin immer Miguel ist, der ihm rät, nur an Viola zu denken. Am nächsten Sonntag bei der Milonga am Abend auf der Plaza Dorrego, will Martin ganz mutig eine Frau für drei Tänze auffordern. Das hat er dann auch echt durchgezogen und es fühlte sich richtig gut an. Roberto lobt ihn und meint: „Wir machen aus dir noch einen richtigen porteño ."

Yerba – Mate und Asado

„Was ist ein porteño?"[49] fragt Martin, zieht die Schultern hoch und schaut Roberto an. „Ja also, Buenos Aires unsere Hauptstadt lässt sich nicht einordnen. Sie ist laut und schmutzig, jung dynamisch, es gibt aber auch ganz verschwiegene, friedliche, stille Ecken, wo man ihren melancholischen Blick einfangen kann. So in etwa ist auch der Einwohner dieser Stadt. Man sagt, jeder dritte Argentinier lebt hier. Er ist ein porteño.[49] (von puerto – Hafen). Übrigens in drei Tagen machen wir eine Tour in die Pampa auf die Estancia (Hacienda) von Fernando und du kommst natürlich mit. Du kannst doch reiten?" Martin fühlt sich gerade irgendwie unwohl. Tango tanzen, die nächsten Tage wie ein Goucho im Sattel sitzen, bitteren Yerba Mate[50] trinken, in der Pampa bzw. in Patagonien sich ausschließlich von Fleisch ernähren. Eigentlich wollte er nur Viola finden, sie fragen, ob sie ihn wirklich noch liebt, oder vor ihm davonläuft. Wird sie mit ihm zurück nach Spanien kommen, oder will sie hier ein anderes Leben beginnen? Martin hatte sich das Ganze etwas anders, einfacher vorgestellt. Er muss sich aber eingestehen, dass seine emotionale, spontane Entscheidung naiv, eben sehr unvorbereitet war. Er hat ein „Reise Know How„ Buch über Argentinien, Uruguay, Paraguay, also die Plata-Länder, und eines von Bolivien und Peru im Gepäck dabei. Natürlich ist Martin durch Lektüre über die Historie Lateinamerikas belesen und auch interessieren ihn aktuelle Berichte in den Medien, nicht nur politische, über Mittel-und Südamerika. Dies ist in Spanien an der Tagesordnung. Er kennt bereits eine Menge bekannte und unbekannte Ecken von Buenos Aires (Gute Luft! Kann man nicht gerade sagen) und ist gerne schon früh morgens alleine unterwegs. Häufig sucht er das Café Tortoni auf, in der Avenida de Martín, der Klassiker unter den Cafés. An der Plaza de Martín, in der heißen Tageszeit sitzen die Menschen gerne unter den Schatten spendenden Ombuebäumen. Martin fängt an, diese Stadt zu mögen. Er kennt sich in einigen barrios[51] bereits gut aus. Südlich von San Telmo liegt der etwas heruntergekommene Parque Lezama. Dieser trennt San Telmo, den bei Itelluellen und Künstlern beliebten barrio, von dem malerischen, armen La Boca[52](hier: Mündung), wo im alten Hafenviertel halb verrostete Boote im Rio Riachuelo dümpeln. Eine skurrile Kulisse bietet dieser Anblick. Viola würde sicher sofort ihren Skizzenblock hervorholen.

Doch irgenwie kommt Martin seinem Vorhaben nicht näher. Er schnappt sich eine Gitarre von Miguel, setzt sich im Hof unter einen Zitronenbaum und beginnt Texte und Poemas[53], welche Viola ihm häufig in sein Notizbuch schreibt, in melancholische Melodien zu verwandeln. Zwei Stunden singt und spielt er sich alles von der Seele, danach fühlt er sich wie von einer

Last befreit. Dann schlägt er flamencomäßig einen Schlussakkord. Von gegenüber ertönt Beifall und Bravorufe. Miguel, Roberto, Pablo der Pianospieler und eine langhaarige Schöne im Tangokleid, kommen zu ihm rüber. Pablo spricht ein etwas singendes, italienisch klingendes Spanisch wie viele hier in B. A., bei ihm fällt Martin es besonders auf. „Fantastico," ruft Pablo, „welch ein vergeudetes Potenzial hombre, dich behalten wir hier, ich nehme dich morgen mit in den Übungsraum meiner Band." „Langsam," meint Roberto und reicht Martin seine mit Mate gefüllte Kalebasse, „Übermorgen geht es für uns alle erst einmal ein paar Tage auf die Estanzia von Fernando."

Yerba oder Hierba Mate (Kraut) – ist mehr als nur ein Tee. Das Kraut ist ein Stechpalmengewächs, mehr ein Busch oder sogar Baum, wächst nördlich in den Plata-Staaten. Die ersten Spanier nannten das Getränk der Ureinwohner Yerba Mate, also Matekraut. Mate ist gesund, enthält Koffein, viel Vitamin C, wirkt abführend und stillt den Hunger. Die Blättchen der Pflanze werden über dem Feuer getrocknet und zerrieben. Die Zubereitung des grünen Pulvers und das Genießen von Tee Mate ist soetwas wie eine kultische Handlung. Mate wird fast immer in Gesellschaft getrunken. Man saugt den aufgebrühten Tee durch die bombilla (silbernes Röhrchen) heraus. Die Kalebasse geht reihum, diese ist ein ausgehöhlter Flaschenkürbis, die Quechua-Indígenas[54] nennen ihn mati. Daher der Name Mate. Übrigens gegen Hunger und die Soroche[55] werden in den Hochanden auch viel getrocknete Cocablätter gekaut. Fast jeder hat immer einen gut eingespeichelten Klumpen davon in der linken oder rechten Backe sitzen. Laufen alle mit einer Backenbeule herum. Die Zähne verfärben sich gelb bis tief braun davon. Geschmack auch bitter.

Mate wird nicht das Lieblingsgetränk von Martin werden. Er will seine neuen Freunde nicht enttäuschen, auch gerne noch mehr von diesem riesigen Land sehen und Menschen außerhalb von Buenos Aires auf sich einwirken lassen. Die porteños[49] werden im Rest des Landes als arrogant eingestuft.

Zwei Tage später geht es früh um 4:00 Uhr in zwei Geländewagen los. Mit Martin sind sie zusammen sieben Männer und eine Frau ist auch dabei. Maricel, die er bereits vorgestern im Hof kennengelernt hat. Sie ist nicht nur die Freundin von Pablo und tanzt Tango, sondern ist auch Sängerin der Band. Die drei Namen der restlichen Bandmitglieder wird Martin später abspeichern. Es ist noch dunkel, als sie die Ausläufer der Stadt gen Westen erreichen. Sehr viel später, die Sonne steht hoch am Himmel entdeckt Martin schon mal eins von den wenigen, vom ständigen Wind in Schieflage befindlichen Hinweisschildern. Santa Rosa! Provinzhauptstadt der Pampa. Er findet diesen, doch wohl größeren Ort auf seiner Karte. Aber in einem so großen Ort bleiben sie natürlich nicht. Also es ist eine

Kleinstadt. Doch eine Pause für einen cortado[37] und auch um sich ein wenig die Beine zu vertreten, liegt schon zeitlich drin. Sie werden sowieso erst bei Dunkelheit ihr Ziel erreichen. Martin tun die Gräten weh vom etwas beengten sitzen. Sie haben viel Gepäck dabei, Zelte, Isomatten, Schlafsäcke, Musikinstrumente wie Bass, Bandoneon, Gitarren. Es ist nicht gerade bequem für lange Strecken in einem Geländewagen, der ein paar Blattfedern mehr gebrauchen könnte. Die Pampa sind riesige Weideflächen. Pampa bedeutet in der Sprache der Aymara[54]: Weite! Martin fragt: „Wo sind denn eigentlich die vielen Rinder und Schafe. Bei unserer letzten Pause haben wir lediglich zwei Guanacos oder Vicuñas und ein Gürteltier gesehen." „Da hattest du schon Glück," meint Pablo.

Trampeltiere: Das Lama ist das größte, dann das Alpaca, Guanaco, Vicuña. Die beiden kleinsten Trampeltiere leben wild und sind geschützt. Man trifft sie hauptsächlich in den Hochanden und deren Ausläufer zum Tiefland.

Pablo erzählt weiter: „Die Rinder haben so viel Platz hier, sie wandern und können überall sein, die Schafzucht ist zurückgegangen, weil die Weltmarktpreise gefallen sind. Aber du wirst reichlich Rind- und Schafsfleisch morgen Abend essen." Martin hat das Gefühl, sie fahren seit Stunden durch NICHTS hindurch. Dieses NICHTS erzeugt einen seltsamen Zustand in seiner eigenen Einsamkeit. Plötzlich war die Sonne weg, es wurde kalt und stockdunkel. Die kühle Feuchtigkeit kroch in sein Inneres. Pablo hängt ihm eine Decke aus Alpacawolle um seine Schultern. Roberto ließ hören, dass die vier Fahrer, die sich abwechseln nach 18 Stunden jetzt doch schlafen müssten, wir würden morgen früh den Rest machen. „Was heißt das?" fragt Martin. „Wir sind gleich an einem guten Platz am See, der vom Rio Saludo gespeist wird, dort bauen wir unsere Zelte auf, machen Feuer, grillen noch chorizos[56] und dann ab in die Schlafsäcke," muntert Roberto ihn auf. Na gut, Martin wollte schon immer wild in der Pampa campen. Holz sammeln, Zelte aufbauen. Abenteuer pur! Reine Männersache! Chorizos will er nicht essen, nur heißen Mate trinken, Hände und Füsse am Feuer wärmen und den Nachthimmel der Südhalbkugel betrachten. Dann verzieht er sich in seinen Schlafsack. Dieser Himmel löst ein Gefühlswirrwarr in Martin aus, seine Gedanken wandern mit den Sternen. Er sucht Mars und Venus, weiß jedoch nicht, ob man diese zwei Planeten hier am Himmel entdecken kann. Viola würde es genau wissen. Nach dem scharfen Essen mit den Freunden bei Lulu, hatte sie am Morgen nach der gemeinsamen wilden Liebesnacht nicht gesagt: - wenn der Mars von der Erde aus sichtbar ist, ist die Venus zur selben Zeit dies aber nicht immer, sie verschwindet aus dem Blickfeld von der Erde und dem Mars – Er denkt *Wollte sie mit dieser astrologischen bzw. as-*

tronomischen Aussage mir ihre Reise nach Südamerika an-
deuten? Ich wollte jetzt keinen Tango tanzen, meine Mus-
keln schmerzen von der Fahrt über die Pisten. Ich würde
lieber an Violas Hals schnubbern, sehe sie im Urwald an
Lianen von Baum zu Baum schwingen.....muss ihr noch
einen neuen Traumfänger besorgen. Mit diesen Bildern
sinkt er in einen leichten Schlaf.

7:00 Uhr „Na compañero,[46] hast du ausgeträumt?"
Manolo, der in der Band den Bass zupft, zieht an Martin's Füßen. Es weht ein leichter Kaffeeduft in das
geöffnete Zelt. Martin rappelt sich auf, reibt die Augen, fährt sich mit den Fingern durch die Haare, rollt
Schlafsack und Isomatte auf. Maricel spendet aus ihrer
Keksdose für jeden zwei media lunas.[38] Na köstlich!
Es ist noch dunkel, als alles in den Jeeps verstaut ist
geht es durch den Rio Saludo, der weiter im Südosten
sich mit dem Rio Colorado vereint. Später zeigt Roberto auf der Karte von Martin wo sie sich jetzt un-
gefähr befinden und wohin sie noch wollen. „Laut
Kompass fahren wir direkt nach Westen, hinter Casa
de Piedra überqueren wir den Rio Colorado, dann
sind wir ca 14:00 Uhr auf der Estanzia von Fernando
und Carmelita. Du kannst davon ausgehen, der asado[57] hängt schon über dem Feuer." Martin zeichnet
die Route ein. Er bemerkt, dass sich die Landschaft
etwas verändert hat.: „Sind wir denn jetzt in Patagonien?" „Naja," erklärt Roberto, „eigentlich erst weiter
südlich auf der anderen Seite vom Colorado, Pata-

gonien reicht ab dort bis runter an die Magellanstraße im Süden. In Patagonien lebt man noch von der Schafzucht. Fernando hat Rinder und Schafe." Martin etwas unsicher: „Und gibt es noch den richtigen Goucho, den stolzen, mutigen, wortkargen Nomaden, der mit seinem Pferd verwachsen scheint?" „Nein, wo denkst du hin Martin," Roberto lächelt, „es gibt keine wilden Rinderherden mehr, von denen sie leben könnten. Frei umherziehende Gouchos waren Nachfahren von Spaniern und Ureinwohnern. Gouchos sind heutzutage angestellte Arbeiter der Viehzuchtbesitzer, sie sind Spezialisten im Zureiten von Pferden und gute Viehtreiber. Um Patagonien zu verstehen muss man weit in die Geschichte zurückgehen. Der Magellan-Expedition von 1520, Charles Darwin lesen, bis Mitte des 19. Jahrhunderts war das ganze Binnenland hier noch ein weißer Fleck. Dann kamen die ersten Siedler und das war bald das Ende der Ureinwohner, der indigenen Völker." Martin hört gespannt zu: „Ich weiß, dass es noch einen Volksstamm gibt, die Mapuche-Indios, sie leben ganz im Süden von Chile, sie kämpfen gegen die Regierung für ihre alten Besitztümer, ihr fruchtbares Land, das ihnen genommen wurde." „Dann bist du einer der wenigen Europäer, der etwas über die Mapuche weiß. Übrigens Miguel ist genetisch ein Achtel Mapuche durch seine Urgroßeltern." Martin denkt, ja daher das Aussehen von Miguel und das Interesse und Wissen von Roberto. Er glaubt nicht, dass es eine hohe Anzahl von porteños gibt, die außerhalb von Buenos Aires viel über die Menschen und den Rest ihres großen Landes wissen. Nach einer Weile nickt Martin an der Schulter von Roberto ein. Die letzte Nacht und der gestrige Tag haben ihn irgendwie mürbe gemacht. Miguel sitzt am Steuer, schaut in den Rückspiegel, zeigt auf Martin und lächelt Roberto zu. Als Martin wieder zu sich kommt lehnt er mit einem Kissen im Nacken an der Fensterscheibe, bedankt sich bei Roberto und sieht, was draußen so an ihm vorbeizieht lässt ihn keine Jubelschreie ausrufen. Was für eine boshafte Gegend. Das letzte zottelige Pampagras, welches sich verzweifelt auf steinigem Boden festhält, vom ständigen Wind gepeinigt, macht das Ganze nicht gerade attraktiver. Man braucht nicht auf den Mond, die Pampa oder Patagonien reicht hier ja schon. Der Kompass zeigt Süd-Südwest, kleine lose Kieselsteine schlagen ununterbrochen gegen die Bodenwanne des Fahrzeuges, obwohl die Geländewagen ja nicht gerade tief liegen. Martin hat das Empfinden, als wenn sie durch unbenutztes Katzenstreu fahren. Dann ein weiterer Stop, nein Hurra, sie sind am Ziel. Überherzliche Begrüßung. „Oha, was für ein schönes Herrenhaus mitten in der Einöde," platzt es aus Martin raus. Auch er wird sehr willkommen geheißen als amigo alemán,[45] Carmelita führt ihn im ersten Stock in sein Zimmer. Ein Tisch, ein Stuhl, ein Bett. Wunderbar! Er trennt sich von Rucksack und Stiefeln um sofort mal die Matratze zu testen. Lässt sich zwei Nächte aushalten. Springt wieder hoch, damit er nicht einschläft. Endlich aus den Klamotten raus, er sucht Kloschüssel und Dusche. Ein kleiner Nebenraum ohne Tür und Fenster eröffnet sich ihm als sein persönliches Bad. Nun ja, alles sauber gekachelt. In einer Ecke entdeckt er ein gekrümmtes Rohr, welches aus der Wand ragt, der Hahn ist eine große Flügelschraube, auf einem Hocker liegt die dazugehörige Kombizange. Aha Technik verstanden. Er braucht etwas Kraft, um die Sache in gang zu kriegen. Ein müder bräunlicher Wasserstrahl verlässt das Rohr an der Wand. Lauwarm! Na gut, nur die heiligen Körperteile einschäumen, zack und fertig. In frischer Büx und T-shirt öffnet Martin ein Fenster und blickt in den Innenhof, wo schon emsig das große Fleischfressen vorbereitet wird. „Asado" ist kein normaler Grillabend mit Würsten auf Holzkohle, sondern gegrillt wird über der Glut eines offenen Feuers von sehr hartem Holz. Ist natürlich Männersache! Einige Frauen stellen riesige Schüsseln und Teller auf einen langen Holztisch. Martin hatte bereits mit Miguel und Roberto in B.A.eine parrillada[58] besucht. Argentinien ist ein Paradies für Fleischesser, ein Unglück, ein hartes Pflaster für Vegetarier. Das ist Martin zwar nicht, doch als er die halben Schafe an den Hinterläufen rund um die gemauerte Feuerstelle an Kreuzen aufgehängt sieht, kriegt er Appetit auf Empanadas, leckere Teigtaschen, zwar selten ohne Fleisch, doch auch mal nur gefüllt mit Süsskartoffeln, Kürbis, Mais und Käse. Miguel winkt mit zwei Bierdosen hoch zu ihm. Ja, ein Bierchen zischen wäre jetzt super. Martin gesellt sich in die Runde der Männer. „Komm," sagt Miguel, „ich zeige dir mal dein Pferd für morgen." Sie verlassen den Innenhof durch einen großen Torbogen und gehen zu den Ställen. Ein schöner Brauner beschnubbert Martin´s Hand, der hält ihm eine Wurzel hin. Der Braune bedankt sich mit einem Stupser an seiner Schulter. Martin klopft den warmen Hals des aufmerksamen Tieres und flüstert ihm zu, dass er sich auf den morgigen Ritt mit ihm freut. „Siehst du, Benno mag dich. Um 9:00 Uhr ist Frühstück, um 10:00 Uhr geht es los mit vier der Viehtreiber. Wir werden eine Rinderherde, wo auch immer die steckt, in die Gatter treiben müssen. Also futter dich gut satt nachher, morgen am Tage gibt es kaum etwas zwischen die Zähne, außer Wasser." Martin nickt, ihm ist etwas mulmig zumute, so plötzlich in ein großes Abenteuer geworfen zu werden. Soetwas kennt man eigentlich nur aus Filmen. Als sie im Innenhof zurück sind, werden bereits riesige Lappen Fleisch von Schaf und Rind runtergeschnitten. Es sind mit den fünf Frauen hier gut 20 Leute um den langen Tisch versammelt. Martin muss diese Stimmung unbedingt mal für Viola fotografieren. Er lässt es sich wirklich gut schmecken, greift richtig zu. Lange sitzen sie noch mit etwa zwölf Männern am

Feuer. Er soll viel aus Deutschland und Spanien erzählen. Einer fängt an auf seiner Mundharmonika zu spielen. Roberto drückt Martin eine Gitarre in die Hand, man möchte deutsche Liebeslieder hören. Das ist ihm gar nicht recht, fände es besser, wenn die richtigen Musiker spielen würden. Dann gibt er ein paar Stücke zum besten, natürlich in spanischer Sprache. Er reicht das Instrument an Alejandro weiter, der jetzt Martin´s Gesang auf der Gitarre begleitet Es ist spät geworden. Martin entfernt sich von der Gruppe mit seinem letzten Bier. Seine Nase fängt an zu laufen, die Augen werden feucht. Das passiert ihm manchmal bei einigen Melodien mit bestimmten Texten. Er schaut zum Himmel hoch, bemerkt Miguel neben sich. „Was ist mit dir Martin, was machst du?" „Ich betrachte die Dunkelheit, sie fliegt gerade wie ein Schatten durch meine Seele." Miguel legt ihm eine Hand auf die Schulter: „Ich weiß, dass du viel an Viola denkst und dein Vorhaben sie in Bolivien aufzuspüren nicht aufgibst, ich werde dir eine Reiseroute ausarbeiten. Du bist ein fantastischer Mann für sie." „Ich habe so viel von einem fantastischen Mann, wie diese Bierdose hier," Martin zieht einen Mundwinkel und eine Augenbraue hoch. „No hombre, ihr seid füreinander geschaffen, sei dir ganz sicher, eure Liebe ist groß und sehr selten. Schade, dass du 200 prozentig ein Hétero bist. Perdone, war nur ein Kompliment. Buenas noches !" „Gute Nacht Miguel !"

Bolivien – Bäume sind ewig

Viola schwingt allerdings nicht an Lianen von Baum zu Baum wie Martin in der Pampa geträumt hat. Am 22. August ist sie von Madrid nach Buenos Aires gestartet. Einige Male hat sie während des Fluges die Kopie des von ihr geschriebenen Briefes an Martin gelesen. Gut über einen Monat, es ist Anfang Oktober, befindet Viola sich nun schon on tour. Seit einem Tag jedoch ist sie erst bei ihrer amiga Serafina im Urwald, dem Parque Nacional Amboró. Ursprünglich wollte sie von Salta, wo sie sich in den Anden im Norden von Argentinien ja befand, einen Direktflug nach Santa Cruz ins Tiefland von Bolivien buchen. Von Salta war aber nur eine Verbindung über La Paz dorthin zu bekommen. Viola plante dann mit dem Überlandbus zur Grenzstadt Yacuiba zu fahren, von dort mit der Bahn nach Santa Cruz. Das dauert zwar sehr lange, ist aber ein besonderes Erlebnis. Doch auch dies war nicht möglich, da seit sieben Tagen die Bahnstrecke gesperrt ist, angeblich wegen Erdrutschgefahr. Doch es wurde von bewaffneten Überfällen gemunkelt, wohl wegen Drogenhandel. Schwierigkeiten der Fortbewegung sind hier ja normal. Santa Cruz ist nicht nur aufstrebende Wirschaftsmetropole, mit Erdöl und Erdgas im Departamento, sondern ist seit langem wichtige Drogenstadt von Südamerika. Na, denn eben zwei Flüge, La Paz – Santa Cruz. Was noch nicht das Endziel ist. Um in den Nationalpark Amboró zu gelangen braucht Viola ein Geländefahrzeug. Wie gut, dass Miguel viele nützliche Kontakte pflegt. Alleine als Frau hätte Viola gar kein Auto geliehen bekommen. Doch der Vermieter Pedro, der seine Garage hat in der Nähe der Plaza -24. de Septiembre- erinnerte sich an die hübsche, blonde Deutsche von 2006. Miguel konnte ein Fahrzeug für Viola telefonisch klarmachen. Pedro holte sie netterweise vom Flughafen Santa Cruz ab und Viola konnte gleich durchstarten nord-östlich nach Buena Vista, wo die Parkverwaltung vom Amboró sitzt. In Buena Vista muss Viola Proviant für ihre geplante Zeit im Park besorgen. Eine Erlaubnis, um alleine hineinzufahren erhält sich nicht. Sie muss einen Führer mitnehmen, der viel Gepäck wie Zelte, Hängematten, Proviant, Moskitonetze dabei hat. Viola hat bereits zwei 20 Liter Kanister Diesel hinten auf der Ladefläche. Es ist ihr aber sehr recht, mit dem guide Moreno zu fahren, denn sie kennt die infrastrukturarmen Strecken im Urwald nicht gut genug. Pedro hat ihr ein verlässliches Allradfahrzeug anvertraut, welches man in Buena Vista natürlich kennt. Außerdem weiß der Führer genau, wo zur Zeit sich Serafina mit ihren Leuten am westlichen Ufer des Rio Agua Blanca aufhält. Trockenzeit im Tiefland von Bolivien ist von April bis Ende November, zwischen Mai und August kühlt es oftmals stark ab. Während es zwischen Oktober und März zu kurzen heftigen Regenfällen kommen kann. Die tropische Fruchtbarkeit lässt dann schnell mal die Pisten im Park zuwuchern. Malariagefahr ist ganzjährig. Sie können erst Morgen Vormittag los. Viola findet in einer Nebenstraße vom -Plaza de Armas- ein Restaurante, in dem viele Einheimische essen, sie bekommt dort auch für eine Nacht ein Zimmer. Das vollbepackte Auto bleibt bei der Verwaltung im Hof stehen mit abschließbarem Tor zur Straße. Nein reisen in dieser Form durch Südamerika ist nicht immer gemütlich und schon gar nicht luxuriös. Aber wer will das schon. Viola will nah bei den Menschen und der Natur sein. Es ist 10:00 Uhr, seit einer Stunde steht Viola vor dem verschlossenen Tor des Hofes der Verwaltung. Ihr Geländefahrzeug ist nicht zu sehen. Endlich nach einer Ewigkeit erscheint Moreno, steuert lachend das Auto auf sie zu. Man darf in ganz Mittel- und Südamerika nicht mit deutscher Pünktlichkeit rechnen. Er begrüsst sie fröhlich, zeigt auf zusätzliche Gepäckstücke nach hinten. Zwei große Jutesäcke gefüllt mit Alpacawolle. „Die sind für Serafina und ihre Leute, sie stricken Pullover, Mützen, Strümpfe für die Märkte in Cochabamba," erklärt Moreno. „Das ist sehr gut," meint Viola. „wollen wir los, oder brauchst du noch einen Café?" Er schüttelt den Kopf, zeigt auf eine Thermoskanne, seine Tagesration Mate und setzt sich auf den Beifahrersitz. Aha, Viola hat verstanden, das erste Stück soll sie fahren. Vollgetankt hatte sie in Santa Cruz. Bis zur ersten Schutzhütte Saguayo sind es ca 30 km. Es hatte letzte Nacht geregnet, der Boden ist etwas weich, aber recht gut befahrbar. Bei Saguayu übernimmt Moreno, da sie ab hier zum Rio Agua Blanca durch wildes Gelände fahren. Moreno weiß schon wo und wie sie gut durchkommen.

Viola nimmt den Geruch des Waldes auf. Es stimmt, dass die Bäume untereinander kommunizieren, alle Pflanzen miteinander verbunden sind, sich gegenseitig brauchen, ernähren und voneinander profitieren. Luzmila Serafina kann an unterschiedlichen Duftstoffen, welche auch speziell die Urwaldriesen mit ihren unsagbar weitreichenden Wurzeln unterhalb und oberhalb der Erde verströmen, herausfinden in welchem Zustand sich die Bäume befinden. Sie spürt wenn Bäume weinen. Sie weiß auch genau, wann sie welche Heilkräuter, Blätter, Wurzeln einsammeln kann. Viola träumt vor sich hin. *Der Wald ist mein Sehnsuchtsort. Wenn ich die warme Rinde eines Baumes mit meinen Händen berühre, spüre ich seinen Herzschlag, das innere Beben und Vibrieren. Ich will dort sein wo die Bäume sind. Sich im Wald befinden, auch in Deutschland, bedeutet für mich Ruhe und Klarheit. Bin ich hier, weil ich Heimweh hatte? Ob mein Baum von 2006 mich wiedererkennt? Ich hatte ihm einen Fetzen von meinem Tuch an einen Zweig gebunden, das bedeutet, sagen die Einheimischen, man wird an diesen Ort zurückkommen. Ich habe mein Versprechen gehalten lieber Baum, du bist sicher wun-*

derschön geworden. Die Bäume sind zeitlos, also ewig.
Moreno hält an. Viola bemerkt erst jetzt, dass sie bereits nah am Fluss sind. Vor ihnen liegt soetwas wie ein kleines Dorf, ca. 10 bis 12 runde Holzhütten mit Palmwedeldächern. Aus manchen steigt durch die Mitte nach oben Rauch auf. Moreno steigt aus, geht auf einige Männer zu, die ihm entgegenkommen. Nach freudiger Begrüßung und auf Anweisung von Moreno tragen sie alle Sachen von der Ladefläche zum Platz in die Mitte ihrer Hütten. Auch Frauen und Kinder versammeln sich. Die Frauen greifen in die Jutesäcke und zeigen mit Kopfnicken, dass die Alpacawolle einer guten Qualität entspricht. Einige von ihnen winken Viola zu, die noch immer im Auto sitzt, sie soll herankommen. Aus einer Hütte erscheint jetzt eine Frau in langen Röcken, ihre Hautfarbe ist wie Café mit wenig Milch, ein Kontrast zu ihren langen weißen Haaren, die zu Zöpfen geflochten bis zu ihrem Po reichen. „Serafina!" ruft Viola und läuft ihr entgegen, dann liegen sich die Zwei in den Armen.

Gedankenkino oder Realität im Amboró

Dann betrachtet jede das Gesicht der anderen „Du siehst wunderschön aus," sagt Viola ganz sanft. „Mit den vielen Falten?" Viola meint verwundert: „Na sicher, gerade drum. Dein ganzes Leben mit all deiner Güte und Weisheit ist darin zu lesen." Serafina nimmt Viola´s Kopf in ihre Hände „Und du mi amiga rubio (meine blonde Freundin), ich sehe Liebe und Sehnsucht in deinen Augen. Ein ganz leichter Nebel trübt deine Iris. Ist es Unsicherheit oder die große Frage an das Leben? Später werden wir viel Zeit zum Reden haben. Komm wir gehen zum Rio, er wird dir gefallen." Als sie am Fluss angekommen sind, schaut Viola lange dem fließenden Wasser zu. Dann hört sie die Stimme von Serafina wie aus weiter Ferne sprechen: „Begib dich gedanklich in den Fluss hinein, das unaufhörlich, nachfließende Wasser trägt deine unsicheren trüben Gedanken fort. Die immer sprudelnde Urquelle kann deine Verstopfung, Blockade lösen und mitnehmen. Lass es einfach aus dir herausströmen, dann werden alle Gedanken zu einem einzigen, reinen, klaren Gedanken, wie die Urquelle selbst." „Ja," sagt Viola, „ein klarer Gedanke würde mir sehr helfen, es kam mir aber immer so viel Leben dazwischen. Ich werde Morgen wieder hierher kommen und versuchen deinen Rat zu befolgen. Jetzt allerdings beschwert sich gerade mein Magen, er hätte gerne mal ein wenig feste Nahrung." Serafina lacht: „Eine gute Idee, wir sammeln noch ein paar frische Kräuter, dann schauen wir in die Töpfe was die so hergeben. Ich glaube, heute gibt es „tacacho" - Urwaldknödel aus Yucca, Bohnen und grünen Bananen, oder „habas" - Saubohnen con papas."[59] „Lecker, wollte ich beides schon immer mal probieren," Viola schmunzelt. Denkt an Martin und die Saubohnen.

Seit 14 Tagen lebt Viola nun schon im Amboró. In den letzten vier Nächten hat sie unruhig in ihrer Hängematte geschlafen. Seitdem Serafina und sie zusammen in der Nacht davor bei Vollmond einige Stunden im Wald Blätter, Heilkräuter, die Knollen von bestimmten Pflanzen gesammelt haben. Heute will Viola alleine durch den Wald streifen. Vor zwei Tagen hatte Serafina ihr viel zu sagen gehabt, worüber Viola nachdenken muss. In Ruhe, bei den Bäumen. Dabei hat sie übrigens IHREN BAUM wiedergefunden. Ein paar schäbige Fäden von ihrem Tuch hingen noch freudlos an einem Ast. Sie lehnt sich an seinen Stamm und sagt: „Später werde ich dir etwas Haltbareres antüddeln."

Vor zwei Tagen. Serafina: „Du solltest nicht ungeduldig danach suchen oder graben. Die Dinge kommen ganz von selbst zu dir und zwar erst dann, wenn du aufnahmefähig bist für sie. Du kommst doch vom Meer und solltest wissen, mit der Flut rollt das Wasser auf den Sand; doch erst dann, wenn es sich bei Ebbe wieder zurückzieht hinterlässt es dir die Schätze, welche es vom Meeresboden mitgebracht hat. Du musst nicht gierig danach fischen. Die Suche nach dem Glück der Liebe kannst du nicht finden, wenn du verzweifelt danach suchst. Es überfällt dich meist in der Ebbe deines Lebens wenn du passiv, leer, aber offen für neue Geschenke bist. Du brauchst nur den Bäumen und dem Meer zuzuhören."

Sujétame
Tengo miedo cuando no te siento
no verte, ya no te puedo oler
tengo miedo cuando en mis ojos
no me reconozcas más
mi alma no quieras estar cerca
no me acaricies más
Déjanos una vez más andar por caminos conocidos
rastrear los bosques
caminar con el viento sobre la arena a la orilla del mar
sujétame, hasta que pase la tormenta
de lo contrario, moriré sin tí.

Halte mich

Ich habe Angst, wenn ich dich nicht mehr fühle
dich nicht sehen, nicht mehr riechen kann
Ich habe Angst, wenn du in meinen Augen
mich nicht mehr erkennst
meiner Seele nicht nah sein willst
mich nicht mehr berührst
Lass uns noch einmal über bekannte Wege wandern
durch die Wälder streifen,
mit dem Wind über den Sand am Meer laufen
halte mich, bis der Sturm vorbei ist
sonst werde ich sterben ohne dich

Zweimal täglich war sie noch am Rio und bei ihrem Baum. Heute spricht Serafina: „Dein Gedankenkino ist noch zu groß. Doch wenn es so weit ist, lass deine Seele nicht länger davonlaufen, geh endlich durch die Tür, die für dich noch immer offen ist. Wenn du den Zeitpunkt versäumst, wird sie sich schließen. Lass deine Zwillingsseele nicht länger warten.“

Hatte sich mein Leben denn verirrt? Bin ich vor Martin davongelaufen? Ist seine Liebe zu mir groß genug, dass er dies hier aushält? Ich habe Schmerzen am ganzen Körper vor Sehnsucht nach ihm. Hat mir endlich durch die auf den Punkt bringenden Worte von Serafina, ihre meist bitteren Seelen-Kräuter-Tees, den Gesprächen mit den mir Sicherheit einflößenden Bäumen, das beruhigende Wasser, dies alles geholfen auf einen einzigen klaren Gedanken zu kommen? Mich von meiner Angst befreit? Martin irgendwann an eine andere Frau wieder zu verlieren, wie ich es vor ihm erlebt hatte und deshalb konnte oder wollte ich mich nicht vollkommen an ihn binden? Es ging mir so, wie bei einer meiner CD´s, welche immer an einer bestimmten Stelle anfängt zu leiern. Blödes Ding das. Lässt sich das reparieren, frage ich Serafina. Sie ist sich ganz sicher, das ließe sich heilen. Ich müsste mit mir selbst an den Anfang zurück. Sie erteilte mir nicht nur Unterricht über Heil- und Giftpflanzen, sondern wir machten auch Ausflüge in Daseinsbereiche die nicht ganz von dieser Welt sind. Ich kann gar nicht genau sagen, ob sie mit mir soetwas wie eine Rückführung gemacht hat. Sie meinte am Morgen danach, meine unruhigen Nächte sind jetzt vorbei, ich sei ganz leichtfüßig mit meiner uralten Seele zurückgewandert. Und durch geöffnete Türen geheilt von einem alten Trauma wieder angekommen. Wenn ich einverstanden bin möchte sie mit mir Heute Nacht (es ist noch abnehmender Mond) zum Huacapata (Heiliger Platz), den Fremde normalerweise nicht kennen, eine Coya Raimi (rituelle Reinigung) machen. Sie wird auch ein Ritual celebrieren, um der pachamama (Mutter Erde) zu danken. Ich vertraue meiner Intuition und Serafina, bin sehr gespannt. Ich halte sie für eine ganz besonders gute curandera (Heilerin/Schamanin). Sie ist sich ganz sicher, dass el cubido (der Liebesgott) mich erhören wird.

Religion: die meisten Bolivianer bekennen sich zum katholischen Glauben. Doch er hat sich nicht absolut in das Innere ihrer Seelen festgesetzt. Es hindert die Indígenas nicht daran an ihre indianischen Schöpfungsmythen zu glauben und sie praktizieren immer noch Rituale ihrer Naturreligion, was ihnen auch in den Kirchen zum Teil gestattet ist. Bolivien: Überwiegend indigene Bevölkerung. Quechua und Aymara ca 55%, sie sind abstämmig vom alten Inka-Imperium. Zusammen mit Mischlingen (Mestizen) sind es 92% der Gesamtbevölkerung. Die rein Spanischstämmigen (Kreolen) sind also nur 8%. Amtssprachen sind Spanisch, Quechua (Serafina und ihre Leute), und Aymara. Evo Morales, der Noch-Präsident (2018) ist ein Aymara. Als Umgangssprache auch Guaraní, von ihnen leben viele Volksstämme im Amazonasgebiet von Ost- Bolivien, die meisten in Brasilien.<

Als zwei Tage später Moreno mit meinem Leihauto wieder bei uns war, legte ich die besagte CD im Auto ein. Es sind Stücke von Martin drauf und ich habe sie mit auf die Reise genommen, wie sein T-Shirt. Ich wartete angespannt auf die besagte Leier-Stelle bei einem spanischen Lied, welches ich besonders gerne von ihm höre. Die CD spielte einwandfrei durch. Das kann nur Zufall sein, denke ich, werde es später nochmals probieren. Springe jedoch sehr fröhlich aus dem Fahrzeug, sehe noch gerade aus den Augenwinkeln, dass Serafina mich wohl beobachtet hat und sich ein Lächeln nicht verkneifen kann.

Moreno verlässt das Camp wieder, nimmt bereits allerhand Strickwaren von den Frauen mit. Er fotografiert alle Teile einzeln. Bevor er losfährt sagt er Viola noch, dass der Autoverleiher Pedro in der Verwaltung von Buena Vista angefragt hat, ob morgen jemand das Fahrzeug nach Santa Cruz zurückbringt. Es hat sich über Miguel aus Buenos Aires ein Deutscher angemeldet. Wahrscheinlich auch einer von den Biologen, der in den Amboró kommen will. Es befinden sich immer sehr viele internationale Wissenschaftler hier, die forschen wollen. Es gibt in diesem Naturschutzgebiet ja endemische Pflanzen, Tiere, welche nirgendwo sonst leben, und die gesamte Insektenwelt ist noch nahezu unbekannt. Für Viola ist das o.k., wenn Moreno sie bitte in ca 10-12 Tagen mit dem Geländewagen nach Buena Vista bringt, damit sie mit ihrem Gepäck nach Santa Cruz weiterfahren kann. Dann muss sie sich mal um Flüge nach Buenos Aires und bald auch nach Madrid kümmern. Ganz intensiv denkt sie dabei gerade an Lulu, ob alles noch im Lot ist mit ihr und dem Zwerg im Bauch? Soll der Deutsche ruhig mit dem Auto nach Buena Vista kommen, dann wird er schon in der Verwaltung mit anderen Wissenschaftlern und einem Guía/Guide weitergeleitet.

Martin hat die Pampa mit drei Tagen auf der Estanzia, sowie als Goucho im Sattel sitzend und Rinder eintreiben, besser überstanden als zuvor gedacht. Die derbe, aber herzliche Art der Männergemeinschaft hat ihm gut getan. Heute sitzt er bereits seit vier Stunden auf der Rückfahrt im Geländewagen am Steuer. Miguel und Roberto machen ein Nickerchen auf dem Rücksitz. Die Musiker haben Zeit, sind noch dort geblieben. In der Tangoschule ist morgen aber wieder Unterricht und Martin will unbedingt spätestens in zwei Tagen nach Bolivien aufbrechen. Miguel wird ihm ein Fahrzeug in Santa Cruz organisieren und einen Flug. Er meint, das wird auch sicher klappen. Martin: *Ich bin bereit – Viola ich komme !*

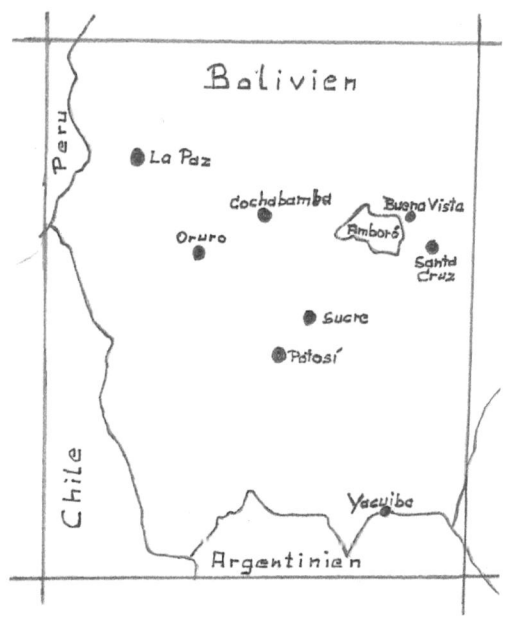

Von der Natur entfernt – wie weit ist der Weg zurück?

Spät am Abend erreichen sie Buenos Aires. Roberto fährt den Geländewagen in der c/Carlos Calvo auf den Hof, parkt ihn neben den anderen Fahrzeugen. Sie tragen schnell das Gepäck rein, sitzen noch auf ein Bier zusammen; doch dann will jeder von den dreien nur schlafen.

Martin: Es gab schon immer Männer in deren Adern brodelte Abenteuerblut, auch bei den großen Forschern und Entdeckern dieses Erdteils. Ich zähle nicht zu solchen Männern. Allerdings war für mich dieser kleine Teil, den ich bisher von Argentinien erleben durfte bereits schon ein Abenteuer. Ein etwas ungutes Gefühl beschlich mich, als Miguel und Roberto am Flughafen beim Abschied mir wirklich ganz, ganz viel Glück für Bolivien wünschten. Roberto meinte, ich würde total verwegen aussehen. Ich hatte mir meine Haare bis fast auf die Schultern lang wachsen lassen. Wusste gar nicht, dass sie wellig sind. Er band mir ein schwarz weiß gemustertes Tuch geschickt um den Kopf und sagte: „So mein Lieber, wie ein Pirat. Hoffentlich lassen sie dich in Santa Cruz durch die Passkontrolle." Miguel legte mir um den Hals ein Lederband. Daran hing ein Lederbeutel, in dem befand sich eine einzige, sehr dicke Knoblauchzehe. Ich schaute ihn verwundert an: „Que es esto?"[60] Er hob den Daumen und sprach fast geheimnisvoll: „Männlicher Knoblauch, der einzige Schutz gegen Giftschlangen, besonders gegen die sehr giftige, nachtaktive Korallenschlange, die im bolivianischen Tiefland lebt." Ich lächelte: „Danke Miguel, aber ich werde jetzt nicht abergläubisch; doch es macht was her, es hat soetwas Magisches." „Leg das Ding nie ab Martin. Ich meine es ernst, spreche aus Erfahrung und vom Wissen meiner Urahnen. Hast du den Traumfänger für Viola dabei?" Ich bejate. Dann riefen beide noch: „Buen viaje y muchos besos a Viola!"[61]

Der Flughafen von Santa Cruz ist übersichtlich. Martin hatte im Flieger sein Tuch vom Kopf genommen; doch als er durch die Zoll- und Passkontrolle war, band er es wieder um. Draußen sieht er sich um, schiebt die Sonnenbrille hoch und entdeckt einen Mann, der ein Schild hochhält auf dem steht -Martín alemán-[45]. Martin begrüsst Moreno, der ihn zum Geländewagen führt. Moreno schaut kopfwiegend auf den Rucksack von Martin und meint, eine Machete[62] sei wohl nicht dabei. Martin schüttelt den Kopf: „Ich will den Urwald ja nicht roden." Moreno macht ihm klar: „Bevor wir nach Buena Vista fahren, machen wir einen kleinen Umweg. Die besten Macheten sind die aus Kolumbien." Nach kurzer Fahrt stellen sie das Auto an einer Tankstelle ab und marschieren über einen Obst- und Gemüsemarkt an deren Ende eine kleine Bretterbude steht, vollbehangen mit Töpfen

und Pfannen. Mittendrin ein Mann so groß wie breit, halslos sitzt sein Kopf zwischen seinen Schultern. Nach langen Verhandlungen, bei denen der Dicke ab und an den Kopf schüttelt, die Augen schließt und dabei die Brauen bis fast an seinen tiefen Haaransatz hochzieht. Endlich nickt Moreno Martin zu und der Halslose reicht jedem eine Machete.[62] Ich müsse beide kaufen, ansonsten wird nichts aus dem Geschäft. 5 Dollares! Basta! Martin zahlt, Moreno bedankt sich für den Besitz einer neuen Machete bei Martin. Der lächelt in sich hinein. Er ist nicht das erste Mal in Lateinamerika ausgetrickst worden. Er untersucht die Klinge. Es ist tatsächlich auf ihr „Colombia" einge-stanzt. Unterwegs stellt sich für Moreno heraus, dass Martin gar kein Biologe bzw. Forscher ist, sondern Viola finden, also quasi als ihr novio[63] besuchen will. Moreno pfeift durch die Zähne: „Überraschung?" „Sí hombre."[34] Martin denkt laut: „Ich will dort sein, wo du bist Viola, egal wo das ist auf der Welt." --Solche Männer gibt's noch?--
Moreno muss neu organisieren. In der Verwaltung in Buena Vista warten bereits zwei Wissenschaftler und er dachte, der Deutsche hier sei der dritte im Bunde, welche er alle in den Norden des N.P. nach Matacarú bringen soll. Somit braucht er nun ein Fahrzeug von der Verwaltung, weil das Leihauto von Viola dieser Martin alemán[45] dann alleine an den Rio Agua Blanca fahren muss. Dafür besorgt Moreno ihm eine Geneh-

migung. In Buena Vista erklärt und zeigt er Martin auf einer speziell für dieses Gebiet angelegten Karte den genauen Weg zu den Hütten von Serafina. Er soll ca 25km zurück bis Gualtú , dort die Zufahrt in den Amboró nehmen, dann nach Kompass weiter Richtung West, den Rio Surutú überqueren, durch den Ort Cheyo, dann nach West/Süd-West den Rio Cheyo durchfahren. Sind insgesamt 25 km plus 10 km. Weiter die Richtung beibehalten durch den Rio Agua Blanca. Moreno jetzt eindringlich: „Vorsicht, dieser Rio hat an einigen Stellen felsigen Untergrund, du siehst es an der Strömung, den kleinen Stromschnellen. Auf der anderen Seite fährst du direkt gen Süden flussaufwärts, das Gelände ist dort schwierig. Nach gut 3km wirst du die Hütten von Serafina und ihrem Stamm sehen. Dort ist Viola. Du solltest erst Morgen früh fahren. Es sind zwar nicht viele Kilometer, doch du kommst zum Teil nur langsam voran. Ich zeige dir jetzt eine Übernachtungsmöglichkeit an der Plaza de Armas, dort hat Viola auch schon gegessen und geschlafen. Ich bin in drei Tagen bei euch am Camp bringe neue Moskitonetze und nehme Stricksachen von den Frauen mit." An der Plaza verabschieden sich die zwei Männer. Moreno klopft Martin auf die Schulter: „Mucho suerte hombre alemán veremos en breve." [64] Martin geht in das etwas im Halbdunkel liegende Restaurante. Bestellt sich einen Bohneneintopf und studiert die eingezeichnete Strecke auf der

Karte. Er zählt die Kilometer zusammen, kommt auf höchstens 47 km. Das sollte ja wohl heute noch zu schaffen sein. Es ist jetzt 17:00 Uhr. Draußen geht er nochmals um den Wagen herum, findet alles in bester Ordnung, packt Rucksack und Machete auf den Nebensitz, 6 Liter Trinkwasser nach hinten, wo Moreno bereits zwei Jutesäcke mit Alpacawolle gelagert hatte. Gesättigt, bereits in bester Stimmung und Vorfreude setzt Martin sich hinter's Steuer und fährt so wie sie gekommen sind in Richtung Gualtú. Er entdeckt eine CD von sich im Player, drückt auf on und singt alle Stücke aus voller Kehle, pracktisch im Duett mit sich selber, mit. Es ist noch Trockenzeit, obwohl es mal heftige Regenschauer geben kann, führen die Flüsse nicht allzu viel Wasser. Der allradgetriebene Geländewagen hat keine Probleme den Rio Surutú, der sehr breit ist, zu durchfahren. Die Piste ist gut erkennbar, obwohl der Wald wird deutlich dichter und es gibt nur noch spärliches Tageslicht, welches dünn unten ankommt. Martin schaltet Fahrlicht ein und sieht Unmengen von Insekten, kleine und große Falter im Lichtkegel tanzen. Die Seitenfenster hat er geschlossen. Bald ist er am nächsten Fluss. Lt. Streckenführung müsste dies der schmalere Cheyo sein, der lässt sich sehr gut durchqueren. Martin schaut auf seine Uhr, es ist genau 18:25 Uhr. Er ist bereits knapp ein einhalb Stunden unterwegs. Hier direkt am Fluss ist noch etwas Licht, ein halber Mond steht am Himmel;

doch gleich zwischen den Bäumen ist es sehr dunkel. Jetzt ist ihm der Rat von Moreno auch klar. Er hätte wirklich besser erst Morgen früh starten sollen. Sein Hemd klebt ihm auf der Haut, er hat in der letzten Stunde über einen Liter Wasser getrunken. Martin macht den Motor aus und horcht in die Natur. So viele Geräusche, wenn der Tag die Erde der Nacht überlässt. Welches Tier mag da so besonders laut schreien, sind es Affen oder nur ein ganz kleiner Vogel? Martin hat das Gefühl, als wenn der ganze Wald mit all seinen Tieren und Pflanzen erst jetzt anfängt zu existieren, aktiv wird. Er fühlt sich nicht alleine, irgendwie beobachtet, ist überwältigt und denkt: *Eigentlich kann ich hier ja stehen bleiben, im Auto sitzend übernachten. Was soll schon passieren. Ich fahre ein Stück weg vom Ufer. Ach nein, es ist zwar dunkel, aber noch nicht spät. Lt. Kompass ein paar Kilometer West/Süd-West befindet sich der Rio Agua Blanca und auf der anderen Seite ca 3km Süd flussaufwärts, das kann ja nicht mehr weit sein. Dann schließe ich Viola in meine Arme. Ich mag mir gar nicht ausmalen, wie freudig überrascht sie sein wird.* Er startet das Fahrzeug, orientiert sich am Kompass, sieht mit dem Licht der Scheinwerfer recht gut die Piste.

Serafina hört mit dem zerstößeln von getrockneten Samen auf. Sie schaut auf Viola, die auf einem Tuch am Boden sitzt, vor sich Pflanzen ausgebreitet, von denen sie Skizzen auf ihrem Zeichenblock macht.

„Heute bist du den ganzen Tag so unruhig mi guapa,[14] als wenn du dich auf ein Ereignis vorzubereiten hast. Spürst du Freude oder Angst?" Viola schaut hoch: „Ich weiß auch nicht, ich glaube beides, mein Sakral-Chakra ist irgendwie in Aufruhr." „Lass Block und Stifte mal ruhen, leg deine Hände auf deinen Unterbauch, konzentriere dich auf dein drittes Auge, vielleicht zeigt sich dir etwas Genaueres." Viola tut was ihr die Freundin rät und bleibt eine ganze Weile in dieser Position sitzen. Sie spürt Kälte in ihren Füssen, hört Wasser rauschen, bunte Schmetterlinge tanzen vor ihren geschlossenen Augen. Für einen Bruchteil einer Sekunde taucht das Gesicht von Martin im bewegten Wasser auf. Sie öffnet die Augen, reibt sich über Stirn, Augen, Wangen, als würde sie die Bilder wegwischen wollen, dann zeichnet sie ganz still weiter. Serafina sagt nichts.

Martin steht am Ufer des Agua Blanca. Soll er aussteigen und testen wo die beste Stelle zum überqueren ist. Das Wasser hat kleine Stromschnellen, sie erscheinen ihm bedeutungslos. Er vertraut auf den Toyota hier, mit dem er sich gut angefreundet hat. Als er den Fluss zur Hälfte durchfahren hat denkt er noch gerade -muy facil-[65]. In dem Moment kippt das Fahrzeug vorne rechts mit einem heftigen Ruck zur Seite runter, ganz langsam rutscht auch das linke Vorderrad weit vor in eine Senke. Martin kann die Tür nicht öffnen, es läuft bereits etwas Wasser vorne in den Innenraum.

Er macht den Motor aus, klettert mühsam durch sein Seitenfenster raus, steht im Fluss nicht gerade auf festem sandigen Grund, fest schon; doch das sind Felsen. Er stakt um das Auto herum, betrachtet die Sache von allen Seiten. „Mierda, fuck, Scheiße!" Die Kiste steckt total fest. Die Hinterräder hängen in der Luft. Er versucht mit den Händen etwas unter dem Auto zu ertasten, was sich eventuell wegschieben lässt. Verdammt, die Bodenwanne sitzt stramm auf einem dicken Stein auf. Allein mit Motorkraft kriegt man gar nichts mehr bewegt, ohne Winde und Seile zieht hier keiner das Fahrzeug raus. Martin ist jetzt bereits klitschenass, angelt Gepäck und Machete vom Sitz und stiefelt ans andere Ufer. Es ist stockfinster im Wald. Er sucht im Rucksack nach seiner Taschenlampe. Hat alles Mögliche zwischen den Fingern, nur nicht die Lampe. Super wäre genau jetzt eine Grubenlampe, aber seine liegt in Spanien. Martin sieht auf seine Uhr mit Leuchtzeigern, 19:25 Uhr. Seine vom Schweiß und Flusswasser durchtränkten Klamotten lockt Massen von Moskitos an, die sich wie eine riesige Wolke über Frischblut aus Europa hermachen. Martin macht sich Mut: „Scheissmücken, ihr könnt mich mal, ich habe Malariaprofilaxe intus, zwei gesunde Beine, eine Machete, mit der ich alles aus dem Weg haue, was sich mir entgegenstellt. Los du Abenteurer, nur schön am rauschenden Rio flussaufwärts." Nun ist der Amboró zwar ein geschützter Wildpark, die Betonung liegt allerdings auf wild, Urwald im tropischen Tiefland. Im Dunkeln für einen Dschungel-Unkundigen hier durchzulaufen ist ziemlich heikel. Martin kommt ein Stück ganz gut voran, auch wenn ihm immer wieder Äste, Sträucher, Gestrüpp oder Luftwurzeln an den Körper und ins Gesicht schlagen, tappt er weiter. Doch er bleibt immer häufiger stehen, horcht auf, links rauscht der Fluss, es knackt im Geäst, manches Mal glaubt er vor sich, rechts und hinter sich Augenpaare leuchten zu sehen. Auch an seinen Stiefeln raschelt es öfter mal verdächtig. Irgendwie fühlt er sich gerade nicht in Verbindung mit der nichtmenschlichen Natur. Einmal hat er sich sehr in Pflanzen, Blätter und Lianen verfangen, dass er meinte es drückt ihm die Luft ab. Sofort denkt er an Würgeschlangen. Anacondas leben zwar meist in stillen Gewässern und Lagunen. Es gibt natürlich auch an Land Würgeschlangen, wie die in Bäumen lebende Boa Constrictor. Dann die besonders giftige Klapperschlange. Ihr Gift zerstört Blutkörperchen. Martin weiß nicht mehr all die Namen, Farben und Größen der hier sehr gefährlichen Schlangen. Ob die Coralito, die von Miguel so gefürchtete Korallenschlange ist? Gegen dieses hübsche Teil ist er ja durch die männliche Knoblauchzehe im Lederbeutel an seiner Brust geschützt. Automatisch umfasst er den kleinen Beutel unterm nassen Hemd und ist froh es bei sich zu haben, ganz ohne Zweifel an Spuk und Zauberei. Schweiß bricht ihm immer wieder aus: *Komm Alter, werd jetzt nicht panisch und mach hier nicht schlapp.* In diesem Moment stößt er mit dem rechten Fuß und dem Schienbein gegen ein sehr hartes Hindernis, rutscht mit dem anderen Fuß auf etwas Glitschigem aus und stürzt so verdreht zu Boden, ohne über die Schulter abrollen zu können, schlägt er mit dem Kopf auf einen Baumstumpf. Er sieht noch Mond und Sterne, dann schwarze Nacht. Irgenwann öffnet Martin sein rechtes Auge, das andere ist wie zugeklebt. Er hört Musik, wundervolle ungewöhnliche Klänge, überall um sich herum. Eine seltsame Stimmung überfällt ihn. Er hat dies Szenario ja bereits alles so oder so ähnlich erlebt. Sein Albtraum in Viola´s Bett in Benahavís läuft vor seinem inneren Auge ab. Er schaut sich nach Monstern um. Nach einer Weile begreift er erst wo er ist, in welcher Lage er sich befindet. *Keine gute Lage* denkt Martin *ich muss hier hoch.* Er stützt sich ab, hebt den Kopf und lässt ihn gleich wieder sinken. Ein tierischer Schmerz am Hinterkopf lässt ihn aufstöhnen. Er versucht es wieder, indem er sich eine Hand in den Nacken legt, mit der anderen Hand sich an greifbarem Gestrüpp festhält und hochzieht. Gut so, er sitzt! Sein rechtes Schienbein schmerzt, er fühlt ein zerissenes Hosenbein und alles ist sehr feucht. Er leckt an seiner Hand. Blut! Sein linker Ärmel vom Jeanshemd ist auch kaputt und ziemlich aufgelöst, vom Oberarm läuft warme Flüssigkeit. Er angelt sich seinen Rucksack, zerrt zwei T-Shirts heraus und verknotet jeweils eines um das rechte Unterbein und den linken Oberarm. Auch die Taschenlampe hat er zu fassen gekriegt. Er muss unbedingt aufstehen; doch sein ganzer Körper ist ein einziger Schmerz, gleichzeitig hat er das Bedürfnis sich überall zu kratzen. Am Hinterkopf ertastet er eine riesige Beule, scheint aber nichts aufgeplatzt zu sein. Harte Schale! Er müht sich hoch. Mit dem rechten Fuß kann er nur schlecht auftreten. Der Rucksack muss auf den Rücken, damit er die Hände frei hat. Mit der Machete kann er sich einen festen Stock abschlagen, auf den er sich stützt und langsam losmarschiert. Er muss oft stehen bleiben, die Wunde am Bein macht ihm zu schaffen und der Fuß scheint ziemlich angeschwollen zu sein. Er lockert den Stiefel. Martin möchte sich hinlegen, er ist so müde, spürt, dass er Fieber hat. Die Lampe hilft doch sehr, weitere Hindernisse rechtzeitig zu überbrücken. Er war über eine riesige, hohe, weitausladende Baumwurzel gestürzt. Er schaut mindestens ein 6. Mal auf die Uhr. 19:25 Uhr war er vom Auto losmarschiert und jetzt ist es 21:00 Uhr, das kann doch wohl gar nicht angehen, denkt er. War ich etwa über eine Stunde bewusstlos? Er kneift das rechte Auge zusammen und meint weiter vor sich mehrere leuchtende, wie er glaubt, Tieraugen zu sehen. Als er näher rankommt, macht er ein größeres bewegliches Licht aus. Könnte es wohl ein Lagerfeuer sein? Er leuchtet das Umfeld aus und entdeckt Hütten, ja also am Feuer sitzen doch Gestalten? Er ist jetzt nah an der ersten Hütte, Schweiß rinnt ihm über das ganze Gesicht, er ruft noch: „Hola compañeros!"[46] Dann wird ihm schwarz vor Augen, klappt wie ein Taschenmesser zusammen. Vier Männer und zwei Frauen springen auf, laufen die paar Meter zu ihm, rufen nach Serafina und Viola.

Liebe auf den zweiten Blick

Die Männer tragen Martin in die Hütte von Serafina, in der Viola in ihrem Raum schnell ihr Bett, welches ein Holzgestell ist, mit Decken auslegt und Martin wird vorsichtig darauf gelegt. Serafina schickt die beiden Frauen, sie sollen frisches Quellwasser holen. Dann entkleiden Viola und sie Martin mit schnellen Handgriffen. Serafina untersucht erst einmal seinen Körper nach Schlangenbissen, schüttelt den Kopf. Also keine! Doch an seiner Haut ist zu sehen,dass viele andere Plagegeister sich über ihn hergemacht haben. Viola beginnt Martin´s Wunden mit dem frischen Wasser zu säubern. Sein Puls rast. Er ist wach, versucht fiebrig die Bewegungen der beiden Frauen zu verfolgen. Viola glaubt nicht, dass er sie erkennt. Ist jetzt auch nicht wichtig. Serafina betrachtet sehr genau seine großen Wunden am Bein, am Arm und sein linkes Auge, bevor sie in ihrer Hexenküche verschwindet. Viola entnimmt ihrer Medizintasche sterile Gazetücher und legt diese auf die gesäuberten Wunden, damit keine Fliegen oder anderes Getier sich daraufsetzen. In der Kräuterecke brodelt es in unterschiedlichen Gefäßen. „Sangre de Drago", Serafina schickt zwei Männer, um Rinde dieses Baumes zu schneiden. Die Flüssigkeit tritt aus der Rinde des Dragobaumes und muss getrunken werden. Viola versucht ihm etwas einzuflößen. Der Wirkstoff ist gegen Fieber und zur Heilung offener Wunden. Wirkt Wunder und sehr schnell. Von der Tohépflanze hatte Serafina die Blätter erst vor einigen Tagen geröstet und pulverisiert für ein Kind mit einer Augenentzündung. Von diesem Pulver will sie in das linke, verklebte Auge von Martin streuen. Dafür muss Viola versuchen es etwas zu öffnen. Es klappt einigermaßen. Sie deckt das Auge wieder ab. Serafina verteilt auf seinem ganzen Körper eine übel riechende Paste. Auf die beiden großen Wunden und alle anderen Stellen wo die Haut verletzt ist, legt sie wundheilende Blätter. Dann deckt Viola Martin mit leichten Tüchern zu und lässt das Moskitonetz vom Deckenbalken runter. Viola umarmt Serafina. Erst jetzt kann sie ihren Tränen freien Lauf lassen. „Hab Vertrauen," flüstert die Heilerin, der Freundin zu, „er ist stark. Ich habe ihm alles gegeben, was er jetzt als erstes braucht. Wir schauen in zwei Stunden nach ihm und Morgen sehen wir weiter." Viola setzt sich auf einen kleinen Schemel, greift unter dem Moski-tonetz nach Martin´s Hand. Sie spürt einen leichten Druck von ihm, doch er scheint von dem Fiebermit-tel zu schlafen. Seine Atmung ist ruhig geworden. Viola krabbelt in ihre Hängematte. Bevor sie in ein-en leichten Schlummerzustand gleitet, fällt ihr noch der Satz ein, den sie ihm in ihrem Brief geschrieben hatte --Keiner weiß wie das Leben verläuft. Vielleicht begegnen wir uns noch einmal unter völlig anderen Bedingungen –

Gegen Mitternacht steht Serafina eine Weile bei Viola, lässt die Freundin schlafen; dann leuchtet sie mit einer Lampe Martin´s Körper ab. Legt ihm ein kühles, feuchtes Tuch auf die Stirn. Er öffnet sein rechtes Auge. Serafina spricht beruhigend: „Du bist gut bei uns aufgehoben, Viola schläft dort in der Hängematte, ich bin Serafina. Hast du Schmerzen?" Martin mit rauer Stimme: „Kopf und Bein, ist aber auszuhalten. Hast du Wasser?" Serafina gibt in eine kleine Schale Wasser und etwas von der Flüssigkeit des Drago-Baumes. Martin möchte sich zum trinken aufrichten, sie hilft ihm hoch. „Na wie ist dir, etwas schwindelig im Kopf? Das wäre normal, du hast sicher lange nichts getrunken und gegessen. Bleibe ruhig noch ein wenig sitzen." Martin schaut sich um: „ Ich weiß ja gar nicht wie lange und seit wann....und was ist mit dem Auto?" „Langsam, ganz ruhig Martin, mach dir keine Sorgen, das wird alles geregelt," Serafina stützt seinen Kopf und Nacken, drückt ihn sanft wieder auf das Lager, „du brauchst noch Ruhe." Sie legt ihm eine neue, in was auch immer getauchte Kompresse auf sein verletztes Auge." Er ist bereits wieder eingedöst. Serafina schaut nochmals zu Viola, bevor sie sich auch hinlegt.

Am Morgen ist Viola früh wach. Auf dem Palmdach scheint ein Affenspektakel zu sein. So wird man hier eben häufig geweckt. Sie rollt sich aus ihrer Hängematte, betrachtet dann eine ganze Weile Martin und schaut gedankenverloren seine langen, braunen, gewellten Haare an. Serafina legt ihr von hinten beide Hände auf die Schultern und flüstert: „Na, erkennst du deinen Prinzen wieder?" „Wunderbarer, verrückter Kerl dieser Prinz," murmelt Viola, versucht mit der Zunge zwei Tränen zu angeln, mit einem Kloß im Hals sagt sie: „Hier riecht es ja herrlich nach Espresso!" Serafina flechtet ihre Zöpfe und zeigt mit dem Kopf nach hinten, „ich habe noch etwas von deinen Vorräten gefunden. Draußen gibt es Yuca, frisches Brot und Waldbeeren." „Oh, un desayuno excelente."[66] Viola verteilt das köstliche Gebräu in zwei Schalen. Sie gehen raus und setzen sich, auf die aus Baumstämmen gezimmerten Sitzgelegenheiten, zu den anderen Frauen in der Runde.

Drinnen rappelt sich Martin hoch. Er will raus, hat das Bedürfnis nach Licht und Luft. Er steht auf und schaut an sich runter. Die Paste auf seiner Haut ist getrocknet und zum Teil abgefallen. Um sein rechtes Unterbein und den linken Oberarm ist allerhand Blätterzeug kunstvoll mit soetwas wie sehr kräftigen Grashalmen befestigt. Der rechte Fuß scheint etwas abgeschwollen zu sein, er versucht ihn zu belasten. Na ja, Marathon ist noch nicht angesagt. Martin betastet vorsichtig sein linkes Auge, lässt die Finger aber gleich wieder davon ab. Er schnappt sich zwei von den Tüchern und wickelt sich so gut es geht darin ein. Plötzlich erscheint Martin draußen wie ein Geist, angelehnt an die Holzbalken der Hütte. „Gibt es in dieser Bar auch Café?" Alle schauen erschrocken zu ihm. Viola springt hoch, ist mit ein paar Sätzen bei Martin: „Mi cariño[67], was machst du denn hier draußen?" Er nimmt ihre Hände, führt sie sich zum Mund, schaut tief in ihre feucht benetzten Augen: „Der Weg war mühsam und weit, aber endlich habe ich dich gefunden und lauf mir nicht so schnell wieder fort. Also bitte, nie wieder! Darf ich meine Aphrodite, mi mariposa[68] jetzt küssen?" „Sehr gerne mi amor, mach schon endlich."

Serafina lächelt, ihre Augen blitzen vor Freude. Nachdem der laaaaange Kuss der zwei beendet scheint, holt sie eine Schale Espresso und reicht diese Martin. „Hm, delicioso[69], ist das italienische Pulver von Viola bis hierher mitgereist?" Die fünf Frauen und zwei von ihren Männern begrüßen Martin sehr feundlich, dann sind sie mit ihren Kindern in den Hütten verschwunden. Martin lässt sich von Viola über diese kleine indigene Gemeinschaft aufklären. Die größeren Kinder werden von ihnen in das nächste Camp zum Schulunterricht gebracht. Die Frauen kommen dann beladen mit Yuca und frischem Gemüse zurück. Andere Vorräte bringt regelmäßig Moreno. Alle Männer sind als Waldarbeiter oder sogar als Parkwächter ausgebildet und arbeiten verteilt im Amboró. Sie leben das ganze Jahr hier. Die Frauen und Kinder sind während der Regenzeit in Buena Vista in ihren kleinen Häusern am

Rande des Ortes. Serafina lebt nur hier in ihrer Hütte im Wald. Sie scheint mit jeder Pflanze verwachsen, bereits seit Jahr Millionen und für die Ewigkeit verbunden zu sein. Ihre Kräuter, Pulver, Samen, Wurzeln und weitere geheimnisvolle Dinge, welche alle von den Deckenbalken in ihrer Hütte hängen, liefert sie nach Santa Cruz, Cochabamba, Sucre, und besonders für den Markt in La Paz, „La Brujera."[70] Das Ausliefern übernimmt Moreno. Sie wird auch oft als curandera[71] oder bruja[72] gerufen.

Es gibt noch etwas Café, dann möchte Serafina die Verletzungen von Martin untersuchen und gegebenenfalls neu verarzten. Vorher soll Viola mit ihm zum kleinen Wasserfall gehen und ihn säubern. „Kleiner Wasserfall", weil er nicht von großer Höhe fällt und zur Trockenzeit nicht sehr viel Wasser führt, dieses speist den Rio Agua Blanca. Sie soll auch einen Ziegensack gefüllt mit frischem Quellwasser mitbringen. Um Martin´s Arm, Bein und Auge kümmert sich dann Serafina. Martin macht auf sie schon einen recht stabilen Eindruck. Fieber scheint er auch keines mehr zu haben. Langsam wandern die beiden Hand in Hand über den Waldboden, Viola beladen mit einigen brauchbaren Dingen im Rucksack und nie ohne Machete.[62] Am Wasserfall bleiben sie stehen. Martin ist begeistert: „Dios mio,[73] ist das schön hier. Mit dir im Dschungel von Bolivien unterm Wasserfall stehen, wer hätte das gedacht." „An diesem Platz sitze ich häufig auf meinem Stein dort, schwärmt Viola, „schaue in das vom Sonnenlicht glitzernde Wasser, um welches herum viele Paradiesvögel fliegen, singen und rufen. Jedesmal entdecke ich neue Orchideenblüten. Schau mal, dort oben hängt immer mein Freund Carlo, ein Faultiermännchen. An manchen Tagen entdecke ich auch ein Weibchen mit ihrem Jungen. Sie blicken mich aus ihren schwarzen Knopfaugen lange an, als wenn wir uns begrüßen." Nach einer Zeit der Stille, es braucht weiter keine Worte, stehen beide in Umarmung nackt unterm Wasserfall. Viola beginnt vorsichtig mit einem Naturschwamm Martin´s Haut von Paste und Grünzeug zu säubern. Er schließt die Augen und genießt. Das alles hier hätte er sich in seinen kühnsten Träumen, noch vor Tagen in der Pampa, nicht ausmalen können. Und er hatte in der letzten Zeit viele Träume. Viola bindet seine nassen Haare mit einem Band im Nacken zusammen. Entdeckt die ersten grauen Stoppeln in seinem Drei- bis Viertagebart. Sie holt ein großes Handtuch. Martin öffnet die Augen (also das Verletzte lässt sich auch bereits halb öffnen), reißt die Arme hoch und stößt einen lauten Urschrei aus. Die Vögel flattern wild umher, in der Ferne kreischen Affen. Viola lacht, legt ihm das Handtuch um. Er greift sie sich: „Ich könnte auf der Stelle hier und jetzt mit dir Liebe machen, wenn du willst auch Tango tanzen." Viola küsst ihm die unbehaarte Brust: „Ich hätte auch Lust, wo denkst du hin. Doch bewahren wir uns die Ausschüttung von Glückshormonen auch noch für etwas später auf, ich bin doch sehr in Sorge um deine Verletzungen." „Schau her, mit meinen Armen kann ich dich schon wieder hochheben, dich mit fast beiden Augen sehen, das Bein brauche ich nicht für Stellung 1,2,3,4....und der kleine Martin ist total funktionsfähig." „Ja mein großer Krieger, letzteres habe ich bemerkt, trotzdem begibst du dich erst in die Hände und Behandlung von Luzmila Serafina. Danach machst du eventuell noch ein Gesundheits-Schlummerbärchen. Auf geht's!" „Sí Señora."

Später war Serafina schon sehr zufrieden mit der Heilung von Martin's größeren Verletzungen, überhaupt der gesamten Haut und seinem guten Befinden. Sie versorgt nochmals sein Auge. Hatte vom Cetico-Baum die Rinde gekocht, die Innenseite abgeschabt, diese Masse ist sehr wirksam gegen Augenentzündungen. Seine Insektenbisse, wo leider der böse Nachtfalter seine Eier hinein und unter die Haut legte, sich Maden entwickeln und schlimme Entzündungen entstehen können, diese hatte Viola alle mit einem Skalpell rausgeschnitten. Hierfür hatte Serafina ihm ein Narkotikum, ein klein wenig Huilca gegeben. Zur Nachbehandlung der Haut nimmt Serafina die Milch aus der roten Rinde des Huayra Cespi-Baumes. Sehr erfolgreich! Am nächsten Tag ist Moreno mit allerhand brauchbaren Sachen und Vorräten gekommen.

Die Frauen bringen ihre Srickwaren zum Jeep und auch Serafina hat drei Bündel für ihn fertig gestellt. Dann will Moreno mit Martin sprechen, der bereits etwas ungeduldig auf ihn wartet. Die Begrüßung ist wie von zwei alten Kumpels. „Also du scheinst dich schneller erholt zu haben als das Auto. Wir haben es rückwärts aus dem Rio gezogen und es ist noch in einer Werkstatt in Buena Vista. Der Auspuff war demoliert, konnte geschweißt werden. Aber man braucht einige Unterboden Ersatzteile, was bei uns hier nicht einfach zu besorgen ist. In einer Woche sollte der Toyota startklar sein. Das ist ja auch in etwa der Rückreisewunsch von Viola," er zwinkert Martin zu, „die Überraschung hattest du dir wohl etwas anders vorgestellt?" „Das kannst du laut sagen, vielen Dank für all deine Hilfe Moreno. Wie kann ich das gutmachen und bei wem oder wo muss ich die Reparatur bezahlen?" „Das musst du mit Pedro in Santa Cruz klären, die Werkstatt gibt dir eine Rechnung für ihn mit. Und wir zwei -tomamos algo-[74] in Buena Vista." Sie saßen alle noch in Gesprächen zusammen. Die Frauen hatten kleine Linsen mit Gemüse und Yuca gekocht. Moreno zauberte ein paar Bierchen aus seinem Jeep. Einer der Männer, er stammt aus den Hochanden spielte auf einem Charango, ein 10seitiges, kleines, gitarrenähnliches Zupfinstrument. Martin war begeistert. Viola brachte ihm -una caja/un cajon-[75] er setzt sich drauf, klemmt es zwischen die

Knie und schlug gekonnt den Rhythmus dazu. Jetzt fehlt nur noch die Antara, die Panflöte. Aus einigen Kehlen klangen dann die so typischen, melancholischen Gesänge der Andenbewohner. Am Ende wurde es noch sehr fröhlich. Martin probierte sich auf dem Charango, er und Viola sangen gemeinsam ein paar spanische Lieder. Moreno musste dann in einer der Hütten übernachten. Am nächsten Abend ordnete Serafia an, dass die zwei Verliebten für ihre letzten Nächte in dieser leerstehenden Hütte verbringen sollen. Viola und Martin protestierten nicht.

Selig liegen sie auf der nicht allzu breiten Holzpritsche in Umarmung und hatten sich nach langer Zeit einer gemeinsamen Nacht, fast ausschließlich ganz viel zu erzählen. Also FAST ausschließlich! Viola wollte unbedingt von seinen Tagen in Buenos Aires bei Miguel und Roberto etwas erfahren und wie es ihm in der Pampa, auf der Estanzia, Patagonien und bei den Gouchos gefallen hat. „Nun ja, es war super in B.A., dann auch mit den Männern und den Pferden. Wirklich ein Abenteuer für mich. Häufig allerdings befand ich mich in meiner eigenen Einsamkeit in Buenos Aires wie in der Pampa. Du bist mir in meinen Träumen in unterschiedlichen Gestalten erschienen. Wenn ich nach dir greifen wollte, hast du dich wie im Nebel aufgelöst. Ich dachte dann: sollte der himmlische Anfang unserer Liebesgeschichte eine nicht mehr lebbare Wendung nehmen? Oder bereits genommen haben? Bleibt mir vielleich nur dies als Wahrheit in diesem Ozean der Unsicherheit? Während du hier bei Serafina eine Ausbildung als bruja[72] gemacht hast, ihr bei Vollmond schamanische Rituale abgehalten habt, wahrscheinlich barfuß über feurig glühendes Holz gelaufen seid und böse Geister vertrieben habt. War für mich in den Nächten auf der Estanzia und speziell in der Zeit mit den Gouchos, das einzige Geräusch der unaufhörliche Wind, der mir durch die Organe fegte. Ich fühlte mich innerlich wie eingesandet. Der Sternenhimmel tröstete mich, wobei der Mond ja irgendwie dort verkehrt herum hängt. Ich suchte nach meiner Venus. Maches Mal war meine Sehnsucht so stark, dass ich spürte, wenn du gehst, sterbe ich." *Mein Gott, denkt Viola, in meinem letzten Gedicht an Martin, welches ich hier im Amboró schrieb, ist die letzte Zeile: …halte mich, bis der Sturm vorbei ist – sonst werde ich sterben ohne dich…* „Begann viel in meinem Buch über Bolivien zu lesen, wollte dir nah sein. Fing an, pachamama zu verehren, indem, bevor ich einen ersten Schluck vom Bier nahm ein wenig von dem Gebräu auf die Erde versprühte. Begann mit meinem Stein vom Strand von Estepona, den ich immer in meiner Hosentasche bei mir habe, zu sprechen. Auch dankte ich pacha apu für die Zeit mit dir." Viola war sehr still und in sich gekehrt. Was ist nur in diesem Mann alles verborgen. Martin weiter, fast schüchtern: „Zur Abwechslung habe mal ich dir ein Gedicht geschrieben und auch schon vertont:

Siempre te quise sólo a tí

Antes de que el otoño traiga la gran lluvia
y el tiempo nos devore
recoge todas las rosas del estanque
quiero estar a tu lado
desde el primer momento sólo te quise a tí
Tú eres la luna y el fuego para mí
véte adónde quieras
la vida real ha perdido su facilidad sin tí
yo tambien necesito mi mundo
Pero entonces quiero estar a tu lado de nuevo
lo supe desde el primer momento
que sólo te quería a tí
Tú eres la luna y el fuego para mí
debes estar conmigo - siempre te quise sólo a tí

Hab immer nur dich gewollt

Bevor der Herbst den großen Regen bringt
die Zeit uns verschlingt
hol für dich alle Rosen aus dem Teich
will bei dir sein
hab vom ersten Moment nur dich gewollt
Du bist der Mond und das Feuer für mich
lass dich gehen, wohin du willst
das wirkliche Leben
hat seine Leichtigkeit verloren ohne dich
auch ich brauch meine Welt für mich
Dann wieder will ich bei dir sein
hab vom ersten Moment nur dich gewollt
Du bist der Mond und das Feuer für mich
sollst bei mir sein
hab immer nur dich gewollt

Viola verspürt eine große Zärtlichkeit, sie will nur in
seinen Armen liegen und in Küssen ertrinken.

Zurück nach Spanien

Es war Mitte Oktober längst vorbei. Ein paar erste Regenfälle hatten schon mal sehr früh begonnen. Normalerweise erst Ende November; doch was ist mit dem Klima heute noch normal. In den letzten Tagen waren Martin, Viola und Serafina häufig gemeinsam im Wald unterwegs. Auch Martin war sehr interessiert an dem, was Serafina über gewisse Pflanzen und Früchte zu erzählen hatte. Ihr großes Wissen hat ihn neugierig gemacht und immer wieder in Erstaunen versetzt. Viele Seiten füllen sein Notizbuch. Er war abends fast euphorisch von all den unglaublichen Möglichkeiten und der Vielfalt, für ihn versteckte Wunder in der Natur. Und denkt: *Was für ein Potenzial in dieser Frau steckt. Sollte das alles irgendwann mal verloren sein?* Serafina z.B. will ganz viel von Martin über Pistazien, Trüffel und Aloe Vera wissen. Viola freut sich, dass die beiden so anregende Gespräche haben.

Dann war es soweit. Moreno hatte sich in ca. zwei Tagen angemeldet um Viola und Martin nach Buena Vista zu bringen. Er konnte in Santa Cruz zwei Plätze für einen Inlandflug nach La Paz vorbestellen, sie müssten nur sehr rechtzeitig am Flughafen sein. Der Toyota steht bereits bei der Verwaltung auf dem Hof, die Rechnung von der Werkstatt für Pedro steckt oben beim Fahrersitz hinter der Sonnenblende. „Ich freu mich auf den ersten starken Cortado," meint Martin zu Viola, „doch bevor wir wieder in der Zivilisation ankommen mi ángel[76], wie wäre es nochmals mit ein paar heiligen Waschungen unterm Wasserfall? Nacktbaden in Estepona habe ich auch noch gut bei dir, war ja nur verschoben, oder?" Viola verpackt gerade eine große Anzahl von Skizzen im Rucksack. Dann dreht sie ihr ziemlich lang gewachsenes Haar über die Finger und befestigt es geschickt mit zwei angespitzten Holzstöcken. Ein paar kleine Löckchen lösen sich wieder aus dem Knäuel. Martin steht hinter ihr und küsst ihren Nacken. Er findet diesen Körperteil bei einer Frau sehr erotisierend. Viola dreht sich zu ihm um: „Dann gehen wir jetzt in wilder Natur romantischen Zeiten entgegen?" Martin lacht: „Unbedingt, die sind kaum noch aufzuhalten und wir geben Carlo dem Faultier, den Brüllaffen, Papageien, Kolibris und den schönen Tukanen eine Abschiedsvorstellung die sich gewaschen hat." Dann verschwinden die beiden zwischen den Bäumen, allerdings nicht bevor Viola Serafina bescheid gibt wo sie hinwollen.

Zwei Parkwächter erscheinen, entdecken Serafina in ihrer Hütte beim Zerstampfen von Samen. Sie bereitet für Martin noch eine Salbe zu, obwohl sein Auge, seine von Insekten und Maden malträtierte Haut, auch die beiden größeren Verletzungen so gut wie verheilt sind. Die Männer tragen eine Flinte über der Schulter. Sie sind normalerweise sehr ruhig und besonnen; doch jetzt reden sie aufgeregt auf Serafina ein. Man hat vor zwei Tagen un tigrillo (ein Ozelot-Männchen) am Rio Agua Blanca gesichtet. Den Spuren nach zu urteilen ist es wahrscheinlich vom Rio Yapacaní aus nord-westlicher Richtung gekommen. Sie sollten alle hier ihre Hütten nachts gut schließen. „Es ist zwar unwahrscheinlich, dass das Tier Menschen anfällt, aber Vorsicht und Achtsamkeit ist geboten," sagt einer der Männer. „Aufmerksam sind wir hier immer alle," bemerkt Serafina, „die Großkatze wird nur zum trinken an den Fluss kommen, ansonsten wird sich das Tier im Dickicht versteckt halten. Vielleicht hat es die Fährte eines Weibchens aufgenommen, das wäre doch wunderbar. Haltet ihr mal schön eure Gewehre flach," bei ihren letzten Worten wirft sie den Männern unmissverständlich abwertende Blicke auf die Flinten zu. „Wir wollen euch nur zu eurer Sicherheit warnen." Hiermit empfehlen sich die beiden mit freundlichen Gesichtern aus der Hütte. „Ja danke euch, ich gebe allen bescheid." Serafina denkt: *Ist ja richtig so, doch wenn ich Männer mit Waffen sehe, habe ich immer ein ungutes Gefühl im Bauch. Als ausgebildete Parkschützer darf natürlich keinem von ihnen das Jagdfieber packen. Wobei, es muss schon ab und an eine Gift- oder Würgeschlange leider getötet werden.* Sie macht sich weiter keine Sorgen um Viola und Martin.

„Dreh dich ganz langsam um," flüstert Martin und schaut wie hypnotisiert an Viola vorbei. Sie blickt ihn mit großen Augen fragend an. Beide stehen nackt sich zugewandt unterm Wasserfall. Martin hält sie an ihren Schultern und bewegt diese in Zeitlupe um 180°, sodass Viola mit kleinen Schritten folgen muss. Sie steht jetzt mit ihrem Rücken gegen seine Brust, er hält sie weiter fest. Wieder flüstert er: „Ich habe mal gelesen, gefährlichen wilden Tieren soll man nicht den Rücken kehren......" „Oh," entfährt es Viola, sie hat nun auch den Ozelot zwischen dem Blätterwerk entdeckt, „wie schön er ist." Martin leise: „Er taxiert uns wohl schon eine ganze Weile, wir werden uns gemeinsam langsam rückwärts bewegen. Auf links! Jetzt!" Nach etwa 12 bis 15 Schritten stolpern sie fast über ihren Haufen Handtücher und Klamotten. Sie halten inne. Geschmeidig setzt sich die Großkatze in Bewegung zum Wasser runter und beginnt zu trinken. Viola und Martin halten den Atem an. Nach einer Weile hebt der Ozelot den Kopf, fixiert die beiden nochmals für einige Momente, dann dreht das schöne Tier ab und verschwindet wieder im Dickicht. „Weiteratmen," spricht Martin. Sie stehen noch aneinander gedrückt und beobachten wie gebannt das Grün entlang am anderen Ufer. Langsam löst sich ihre körperliche Anspannung. Als wenn nichts gewesen wäre, plätschert der Wasserfall und das Wasser fließt wie seit tausenden von Jahren erst schnell, dann ruhiger werdend, in der Ferne gemächlich, gleichmäßig dahin.

Geschwind kleiden sie sich an und fassen sich bei den Händen. Martin hat jetzt die Machete fest am Griff in der freien Hand. Sie gehen auf dem von allen häufig benutzten Pfad. Jeder hat an seiner Seite das Gestrüpp und Blätterwerk im Blick und des öfteren schaut sich einer von ihnen nach hinten um. Das letzte Stück des Weges ist gerodet und die Hütten sind sichtbar. In der Mitte ist bereits eine Gruppe versammelt und Feuer ist auch schon angemacht. Serafina kommt den zweien entgegen: „Na, seid ihr dem König unseres Waldes begegnet?" Sie nicken beide ganz langsam. Dann wollen alle haarklein wissen, wo das Ozelotmännchen auftauchte und was es gemacht hat. „Na so viel gibt es über diese kurzen Momente gar nicht zu erzählen," spricht Martin ganz ruhig. Dann berichtet Viola von der Begegnung mit der schönen Großkatze. Serafina meint abschließend: „Wir leben hier im Einklang in und mit der Natur. Wir sind es eigentlich, die in dieses Gebiet eingedrungen sind. Sollten uns gegenüber allen Lebewesen in Demut verhalten. Solange eine Raubkatze keine schlechten Erfahrungen mit Menschen gemacht hat, wird es niemals einen von uns angreifen." Nach dem gemeinsamen Abendessen gibt es ausgiebige Abschiedsszenen, denn Morgen früh wird keine Zeit mehr dafür sein. Mit Luzmila-Serafina verabreden sich Viola und Martin in zwei Jahren nach Iquitos in Peru. Dort am Amazonas will Serafina an einem großen Schamanentreffen teilnehmen. Es werden viele Ureinwohner auch aus Brasilien dabei sein. Vielleicht machen Martin und Viola von Manaus

/ Brasilien eine Fahrt mit einem Flussschiff auf dem Amazonas dorthin. *Allerdings kreisen Martin′s Gedanken bereits um die vielen Mückenschwärme, die mitreisen werden. Also „quisás – quisás"[77], mal schauen, was die Pistazien bis dahin machen.* Serafina umarmt die beiden ein letztes Mal und murmelt einige Worte in Quechua. Viola und Martin verstauen ihre letzten Sachen in ihre Rucksäcke. Viola legt ganz behutsam den von Martin aus Buenos Aires mitgebrachten Traumfänger zusammen; dann versuchen sie zu schlafen. Punkt 6:00 Uhr früh ist Moreno mit einem Jeep zur Stelle.

Die Maschinen für Inlandflüge in Bolivien sehen nicht sehr vertrauenseinflößend aus; doch in La Paz „Stadt des Friedens" setzt der Flieger sanft auf. Erst für Übermorgen bekommen sie einen Flug nach Buenos Aires und suchen sich ein kleines Hotel. Endlich duschen! Martin hat sich danach schon mal auf dem herrlich breiten Bett lang gemacht. Welch ein Luxus! Vom Tiefland in kürzester Zeit in eine der höchstgelegenen Städte der Welt (3.100 – 4.100m) zu machen, bereitet beiden ein wenig Probleme und sie unterlassen für heute einen geplanten Stadtrundgang. Aber an einer ausgezeichneten bolivianischen Kaffeequalität führt kein Weg vorbei. Hinter einem alten, edlen Gebäude entdecken sie in einem Innenhof das „Café Torino", auch mit erdenklich guten Backwaren. Eigentlich braucht man für diese Stadt mindestens eine

Woche zum vornean kennenlernen. Auf jeden Fall wollen sie morgen in die calle[40] Linares, die „Zaubergasse." Also auf den Hexenmarkt. Vielleicht entdecken sie ja Kräutertees, Heilpflanzen und geheimnisvolle Pülverchen von Luzmila-Serafina. Sehr skurril und abstoßend für Europäer ist der Brauch Lamaembryos zu kaufen. Diese werden beim Hausbau in die vier Ecken eingemauert, das bringt Glück und hält Leid ab.

Viola konnte mit Miguel telefonieren, der meinte: „Endlich ein Lebenszeichen von euch. Wir haben hier bereits von Pedro aus Santa Cruz wilde Geschichten über Martin gehört. Ist noch alles dran an ihm?" „Ja," lacht Viola: „Dank Serafina´s Künsten ist der Mann wieder gebrauchsfähig." Mit einer Whats app an Lulu hatte es nicht geklappt. Viola wird sofort in B.A. mit ihr telefonieren. Martin und Viola sind nun beide doch schon häufig gedanklich in Spanien.Doch jetzt wird ein wenig auf dem königlichen Bett ausgeruht. Gegen 21.00 Uhr gehen sie auf einen kleinen Snack runter und es gibt tatsächlich an der Bar einen köstlichen argentinischen tinto aus Mendoza. Mit der Flasche wandern sie fröhlich wieder hoch ins Zimmer. Martin schließt das Fenster, es lärmt von draußen. Viola kramt aus ihrem Rucksack zwei Kerzenstummel heraus, legt sie auf einen kleinen Tisch neben dem Bett und dreht sich halb nach hinten um: „Hombre[34], hast du Feuer?" „Sofort, wenn ich dich so von hinten betrachte," Martin zieht Streichhölzer aus der Tasche, hält die Flamme unter die Kerzen und befestigt diese in je einem Aschenbecher. Er zieht die Vorhänge zu: „Romantico pur in der Stadt des Friedens, auch der Liebe?" „Das liegt an uns," meint Viola, sie sitzt nur im T-Shirt mit angezogenen Knien am Kopfende des Bettes. Martin streift sich mit allen zehn Fingern durch seine nun doch etwas zu langen Haare. Mit dem Handrücken testet er die bereits nachgewachsenen Bartstoppeln. Viola zieht etwas die Augenbrauen hoch, schaut lächelnd und genüßlich seinen Gesten zu. Martin zieht sich geschwindt Stiefel und Socken aus. „Es kommt nicht auf Schnelligkeit an," tönt es vom Bett. „Wie, du willst jetzt aber keinen Männerstrip," Martin öffnet seine Gürtelschnalle. „Ne," kiechert Viola. Sie findet es nur so witzig, wie er sich von seinen Klamotten befreit. „Halt! Jetzt das T-Shirt." Martin zieht es von hinten über den Rücken und Kopf aus, wie Männer sich von so einem Teil eben entledigen und wirft es Viola rüber. Sie fängt es mit einer Hand, hält es sich vor Mund und Nase. „Halt," ruft Viola wieder, greift nach ihrem Mobil und macht ein Foto von Martin. „Brauche ich für einsame Stunden." Er steht da mit freiem Oberkörper in seiner Jeans, mit halb geöffnetem Reißverschluss. „So, so," meint Martin, lässt die Büxen runter, ist mit einem Satz auf dem Bett, zieht an Violas Beinen und dreht ihren Körper behutsam auf den Bauch. Küsst und streichelt ihre Pobacken. „Ich liebe deinen Knackarsch, du Weib." „Ich glaube, das weiß ich. Du raubst mir den Verstand. Estoy loco por tus huesos."[78] Viola liegt jetzt auf ihm. Martin befindet sich -entre un frenesí de besos-[79]. „Dame tu sensualidad y éxtasis en cambio."[80] Gegen frühen Morgen schliefen sie ineinander verwoben selig ein.

Sie ließen den nächsten Tag gemütlich angehen. Natürlich hat La Paz viel zu bieten. Traditionelles und Modernes verschmelzen in dieser nicht homogenen Stadt. Viola und Martin verbringen den Tag von den armseligen Bretterhütten im Talkessel, hoch in die Altstadt mit ihren beeindruckenden Kolonialbauten, im Wechsel auf indigenen Märkten. Am wohlsten fühlen sie sich zum Ende des Tages im Indígena-Viertel mit einfachen Kneipen und Garküchen bei typischen bolivianischen Gerichten. Sogar guter chilenischer Wein war aufzutreiben. „Ich glaube, hier möchte ich nochmals herkommen," meint Martin. Viola schaut erstaunt und begeistert zugleich: „Ja, und dann machen wir zum Valle de Luna[81], wandern durch den Kakteengarten und überhaupt gibt es so viel Wunderbares auf der Welt zu bestaunen."

Am nächsten Tag nachmittags, als sie in Buenos Aires landen, muss Martin seinen gesamten Inhalt vom Rucksack beim Zoll auspacken. Es gab nichts zu beanstanden. Beide hatten sie ihre Macheten in La Paz extra beim Zoll aufgegeben und konnten diese

anstandslos wieder in Empfang nehmen. Viola kam ohne Kontrolle durch. Allerdings war das sehr risikofreudig von ihr. Sie hatte viele getrocknete Kräuter, u.a. auch zwei Beutel Cocablätter dabei. „Tja," sagt sie zu Martin: „Du siehst mit den langen Haaren und dem Piratentuch eben wie ein Cocabauer oder Dealer aus." „Das Tuch habe ich nur für Roberto umgeknotet. Da hinten ist er ja, der blonde Strubbelkopf," ruft Martin und grinst übers ganze Gesicht. Miguel ist auch da und es beginnt eine lautstarke nicht enden wollende Begrüßung. Die drei Männer sitzen vorne im Auto. Roberto lenkt die alte Kiste gekonnt durch den Verkehr. Viola macht es sich auf der Rückbank bequem und nickt ein. Miguel mit einem Kopfzeichen nach hinten: „Waren die Nächte so anstrengend amigo?" „Also eher die Höhenlage von La Paz. Lässt einem schon zwischen den Pausen wie ein Fisch auf dem Trockenen einmal mehr nach Luft schnappen," feixt Martin, „und euer cortado hat mir gefehlt." „Ist gleich in Arbeit," kommt von Roberto, „wir kriegen euch schon wieder zivilisiert auf Spur."
Man hört Viola laut lachen, sie hat Lulu am movil. Nach leiser Musik macht sie barfuß Tangoschritte durch den Tanzsaal. Die drei Männer sitzen am Küchentresen bei Café und Bier im Wechsel. Miguel und Roberto entlocken Martin seine abenteuerlichen Geschichten aus Bolivien, angefangen beim erzwungenen Kauf von zwei Macheten auf dem Markt von

Santa Cruz. Viola sitzt jetzt auf dem Holzfußboden, schaut auf ein Foto und kiechert in ihr Telefon: „Lulu bist du sicher, dass da nur ein Kind in deinem Bauch sitzt?" „Nein, bin mir nicht mehr sicher. Auf dem Ultraschall ist aber nur ein Schniedl zu sehen." „Oh wie schön, ein Frederico," ruft Viola. Lulu weiter: „Du könntest mir aber mal sagen, wie dieses Balg bei mir da unten rauskommen soll und ich muss es noch fast sechs Wochen mit mir herumschleppen. Wenn ich hinterm Steuer sitze, reichen meine Füße kaum an die Pedalen, kann aber nicht näher mit dieser Kugel an das Lenkrad. Komm bitte schnell nach hause und sage diesem niño,[82] wenn es mich weiter so schikaniert hat es ganz schlechte Karten und ich werde ihm die Milch verweigern." „Das ist eine Superidee Lulu. Kann ich vorher hier mit Martin noch Tango tanzen, viel schlafen, duschen, zum Friseur, durch die Bars von Buenos Aires taumeln?" „Ja, von mir aus könnt ihr auch noch wilden, dreckigen Sex haben und schick mir jetzt sofort ein Foto von euch allen; dann würde es mir schon besser gehen." „Wir haben praktisch die Flugtickets in der Tasche. Dicken Kuss für dich und dein Monster."

„Du tanzt ja göttlich Tango," flüstert Viola, nach den ersten Drehungen, Martin ins Ohr, „ich merke, dass Miguel dein Lehrer war." Martin beugt sich zu ihr und küsst ihr seitlich den Hals, verfüßelt sich ein wenig dabei. Sie bleiben beide kurz stehen; dann gibt

Martin vor, wohin sie ihre Füße setzen soll und meint:
„Hätte nicht gedacht, dass du dich von mir mal führen
lässt."

Roberto und Miguel wollen sich mit den beiden ein letztes Mal noch so richtig dem argentinischen Fleischgenuss hingeben und führen sie in eine parrillada[58] mit besonderen Spezialitäten. „Was gibt es denn hier Außerirdisches zu futtern?" fragt Martin. „Ja also," klärt Roberto auf: „Wenn du mal richtig Tinte auf den Füller brauchst..." „Braucht er nicht und er ist auch nicht unterzuckert," grätscht Viola dazwischen. ...„musst du hier Bulleneier essen." Martin verzieht das Gesicht: „Oh nee, lasst mal eure Büffelhoden stecken, meine Klöten reichen mir. Wir nehmen zweimal Schaf." Miguel kneift ein Auge zu: „Claro, wir nehmen Rind und vier Bier." Der nächste Tag ist ihr letzter in Buenos Aires, es ist fast Mitte November. Beinahe zwei Wochen haben sie das Ambiente dieser Stadt noch genossen. Miguel ließ sich für den Abend ein besonderes Abschiedsgeschenk einfallen. Zu viert erlebten sie eine unvergessliche Ballettaufführung im weltberühmten „Teatro Colon". – Adiós Argentina -

Nun sitzen Viola und Martin im Flieger. Ein Nachtflug; doch noch ist an Schlaf nicht zu denken. Martin hält sich den Bauch: „Das Fleischgefutter macht mir zu schaffen, das schlägt mir auf's Gedärm. Meine Organe fechten gerade Kämpfe aus und haben gar keinen bock mehr tätig zu werden. Hast du nicht ein Serafina-Pulver?" Viola ist bereits in ihrem Rucksack zugange. „Mir geht es ähnlich," meint sie, „wir nehmen jeder zehn von diesen Tropfen und dann trinken wir viel Wasser." Nach einer Weile schaut Martin Viola von der Seite an: „Bist du traurig mi amor?" „Nein, wir fliegen der Sonne, dem Tag entgegen und ich freu mich auf Spanien. Morgen früh sind wir in Madrid. Lulu sprach übrigens von einer Sache, die uns beide begeistern wird. Warum meinst du sollte ich traurig sein?" „Naja, vielleicht hat dir die Zeit des Alleinseins gar nicht genügt, weil ich einfach so aufgetaucht bin?" Viola umfasst seine Hand: „Nein, wie kommst du darauf? Es hatte mich beeindruckt und zwar sehr positiv. Wir hatten eine außergewöhnlich schöne Zeit." Martin: „Und ich dachte schon ich sollte mich wohl entschuldigen, weil ich deine Seelenwanderung unterbrochen, also verkürzt habe." Viola lächelt schelmisch: „Ich verzeih dir fast alles, weil du mein Wassermann bist. Wärest du ein Fisch, würde ich dich zurück ins Wasser werfen." „Untersteh dich!" Viola: „Im allgemeinen brauche ich das Einerlei, das was sich immer wiederholt, das Vertrautsein miteinander. Dann möchte ich etwas tun, was ich noch nie gemacht habe, etwas ganz Absurdes. Will auf die Nebenstrecke, weißt du? Mal möchte ich nur mit mir ganz alleine sein, auch nicht zu zweit. Könntest du das aushalten?" „Así que mi mariposa[83] du hast alle Freiheiten der Welt. Ich weiß doch längst, du lässt mir auch meine Verrücktheiten und ich halte dich sehr gut aus. Genauso wie du bist." Martin weiter sehr nachdenklich: „Jeder, auch derjenige, der zu zweit oder in Familie lebt, ist ganz in seinem Innern alleine und sollte auch eine Welt für sich sein." „Ja mein Philosoph," sagt Viola, „sich binden und trennen wie bei einem Baum. Der Stamm ist eine feste Einheit, dann teilt er sich in Äste und Zweige. Jedes Teil entwickelt sich auf seine Weise und hat ein Eigenleben; doch der Baum bleibt immer eine Einheit, auch durch das gemeinsame Blätterdach." „Ist meine Schamanin noch im Urwald? Hast du uns schon einen Baum ausgesucht, wo wir auch zusammen in die -Ewigen Jagdgründe- gehen werden? Ich hoffe, der Weg ist noch unendlich lang dorthin." Viola legt ihren Kopf an seine Schulter: „Ja, unseren Baum gibt es schon lange, er hat Zeit, wird auf uns warten und mit uns noch hunderte von Jahren weiterleben. Bis dahin verspricht uns das Leben allerdings nicht nur schönes Wetter und günstige Winde." „Gracias a la vida,"[84] Martin stimmt leise den song von Violetta Parra an. Er zieht Viola ein wenig zu sich rüber. Sie flüstert: „La vida es tan bonita! A mi querido gracias a la vida contigo."[85]

Es ist gerade noch Zeit für einen Café con leche[39] im Flughafen von Madrid; dann schnell zum Gate nach Malaga. Viola nachdenklich: „Was Lulu wohl mit einer Sache meinte, die uns beide begeistern wird?" Martin lächelt: „Man, wäre das Leben langweilig ohne euch geheimnisvollen Frauen. Aber ehrlich, ich bin auch etwas neugierig, was sie sich für uns beide ausgedacht hat. Vielleicht ist ihr Kind schon auf dieser Welt?" Am Zoll hatte wieder Martin Pech. Er war gezwungen, eine lange Diskussion über den Inhalt des kleinen Lederbeutels an seinem Hals zu führen. Ein Drogenexperte kam, der roch kurz an der verschrumpelten Knoblauchzehe. Hängt Martin das Lederband mit Beutel wieder um, zwinkert ihm zu: „Aphroditisch, hat es geholfen?" Martin grinst: „Nee, ist gegen Schlangenbisse."

Lulu löst sich aus der Menge der Wartenden und schiebt ihre Kugel den beiden entgegen. Martin murmelt: „Das Känguru sitzt noch im Beutel." Viola und Martin umarmen Lulu, dann kommen noch eine Frau mit Blumen und ein dunkelhäutiger Mann auf sie zu. Viola eilt Carla entgegen. Mutter und Tochter halten sich lange in den Armen. Martin meint: „Kann mich mal jemand aufklären?" Lulu hakt sich bei dem kaffeebraunen, sehr gut aussehenden Mann unter und spricht fast feierlich: „Dies ist Jorge aus Cuba, der zu 50% beteiligt ist an diesem Wunder hier," dabei streicht sie sich mit der Hand über ihren Bauch. Martin schaut hin und her von Lulu zu Jorge und grinst anerkennend übers ganze Gesicht. Viola drückt die Blumen Carla zurück in die Hände, geht auf Jorge zu, sie begrüßen sich herzlich, beso[5] rechte Wange, dabei flüstert Viola: „Das hast du super hingekriegt, Lulu está muy feliz[86]." Jorge lächelt, wobei man seine schönen Zähne blitzen sieht: „Danke Viola, ich bin mir nicht ganz sicher, aber du kennst sie besser als ich." Carla und Martin unterhalten sich recht angeregt über Aloe Vera. „Tolle Überraschung Lulu," freut sich Viola. Jorge nimmt Viola ihren schweren Rusack ab und Abmarsch zum Parkplatz. Carla fährt den kleinen Geländewagen von Lulu sicher auf die carretera[87] Richtung Westen. Es geht für alle natürlich erst einmal nach Benahavís. Martin ruft Rosa an, er macht sich Sorgen wie es wohl alles läuft so lange Zeit ohne ihn. Rosa redet beruhigend auf ihn ein. Sie hat genügend Arbeiter für die fast beendete Avocadoernte und wenn jetzt Ende November die Olivenernte los geht, dann sei Martin ja vor Ort. Er solle sich noch vom langen Flug erholen. Es sei vollkommen ausreichend, wenn er Morgen Abend käme. „Bueno, hasta mañana," [88] bedankt sich Martin.

In der Finka von Lulu gibt es für alle Café solo,[12] für Martin cortado[37] und sie versammeln sich um den großen Tisch. Nun müssen von hier, von Hamburg, Havanna die Neuigkeiten erzählt werden. Wer hätte gedacht, dass Lulu und Jorge gemeinsame Pläne machen? Olala! Und dann die Abenteuer von Viola und Martin. Sie quatschen sich die Ohren ab. Obwohl es bereits den dritten Espresso gibt, überfällt Viola die große Müdigkeit und meint: „Ich fall gleich ins Koma, brauche eine große Mütze voll Schlaf, muss zwei Stunden in die Waagerechte." „Ich komme auch gleich," ruft Martin ihr nach. Viola ist bereits an der Treppe und hebt müde den Daumen. Von Lulu kommt ein: „Träum was Schönes, gegen 19:00 Uhr hole ich euch in die Wirklichkeit zurück. Wir sind alle am Abend bei Maria, sie kocht für uns marroquí."[89] Carla verabredet sich in drei Tagen mit Martin, hoch nach Ronda zu seinen Pistazienfeldern zu fahren, um danach noch zur -Finca La Vera- die Verarbeitung von Aloe Vera anzuschauen. „Jetzt muss ich unter die Dusche und mal sehen, ob Viola mir ein Plätzchen unter ihrem Moskitonetz gelassen hat," Martin klopft auf den Tisch und verschwindet nach oben. Als er unter ihre große Decke schlüpft, betrachtet er Viola eine Weile, die bereits fest zu schlafen scheint. Streicht sanft ein paar Haare von ihrer Wange, wie er es so gerne häufig tut, um immer wieder die Konturen in ihrem Gesicht neu zu entdecken; dann setzt er einen Kuss auf ihre Nasenspitze und streckt sich zufrieden der Länge nach aus.

Auch Vergangenes hat seinen Sinn

Gegen 19:30 Uhr treffen sich alle wieder unten am Tisch zu einem aperitivo, wobei Lulu gerade sehr tempramentvoll versucht Jorge zu überzeugen, dass er auch ohne sie in diesem Jahr noch zu heiraten, spanische Papiere erhalten wird. Sie kenne in den zuständigen Behörden in Madrid die richtigen Leute, die diese Angelegenheit beschleunigen könnten. Das will Jorge so aber nicht. Seit zwei Monaten vertröstet man ihn in genau diesen Behörden, obwohl er von der Uni Madrid Dringlichkeitsbescheinigungen vorlegt, dass man ihn für eine Professur ab sofort einstellen will. Sollte er allerdings diese gewisse Spanierin Luisa morgen heiraten, hätte er übermorgen alle nötigen Stempel. „Na, dann heiratet ihr jetzt sofort," ruft Viola begeistert. „Ich will nicht schwanger heiraten," mault Lulu, „ich will im März heiraten, wenn die Orangenbäume blühen." Jorge lächelt geduldig: „Es ist mir nicht so wichtig bereits im November zu heiraten, oder erst im März verheiratet zu sein, nur wäre der jetzige Zeitpunkt einfacher wegen der Vaterschaft. Reichlich Schwierigkeiten hatte ich schon in Cuba, dass es nochmals mit einer Ausreise nach Spanien geklappt hat." Viola nickt Jorge zu, sie würde Lulu sicher überzeugen können: „Aber wieso kennen Martin und ich diese Maria nicht, bei der wir ein marokkanisches Abendessen haben werden." „Eine bemerkenswerte Frau," wirft Carla ein, „werdet ihr ja gleich kennenlernen. Etwas außerhalb von Benahavís hat sie seit einigen Monaten ein Haus, in dem richtet sie an Wochenenden ein Stubenrestaurante her. Sie kocht hervorragend marroqui[89], sie stammt aus Marrakesch.'" „Und heißt Maria?" fragt Viola. Carla weiter: „Die sehr moderne, pharmaziestudierte Marokkanerin hatte sich vom muslimischen Leben einer Frau verabschiedet und wurde genau dafür von ihrer Familie verstoßen. Ein Kopftuch hat sie nie getragen. Fatma, ihr eigentlicher Geburtsname steht nur noch als Zweitname in ihrem spanischen Pass. Maria ist vor ca 20 Jahren nach Spanien übergesiedelt. Die ersten Jahre hat sie in Algeciras und in Cádiz gelebt, in Apotheken gearbeitet. Sie lernte einen sehr viel älteren Mann aus Malaga kennen. Kurioserweise einen Apotheker, der eine Farmácia dort besaß." „Besaß?" hakt Viola nach. „Ja, er ist vor einigen Jahren verstorben. Er hatte Maria geheiratet, obwohl sie ein uneheliches Kind, einen Jungen von zwei Jahren hatte. Sie hat die Apotheke geerbt und arbeitet noch immer dort." „Ich glaube wir sollten los," meint Lulu. Viola wollte von Carla noch mehr über die sehr interessante Lebensgeschichte dieser Maria-Fatma wissen. Zudem war ihr aufgefallen, dass Martin sehr still geworden ist; doch hatte er gleichzeitig aufmerksam zugehört.

Etwas abgelegen hinter Benahavís an einer Straße von der man auf die carretera[87] nach Ronda käme, führt ein breiter, von Laternen beleuchteter Weg zum Haus von Maria. Man geht durch ein kleines Tor und steht in einem Innenhof mit einem wunderschön angelegten Garten. Versteckte Strahler lassen alles in einem warmen Licht erscheinen. Irgendwo plätschert Wasser. Viola ist ganz gefangen von diesem Ambiente. Lulu und Carla scheinen sich gut auszukennen, sie gehen zielsicher links um zwei Palmen herum auf eine große Holztür zu. Ein hochgewachsener schlanker Jugendlicher öffnet ihnen die Tür mit den Worten: „Guten Abend, herzlich Willkommen, meine Mutter erwartet sie bereits." „Guten Abend Manuel," sagt Lulu, „es riecht ja schon hier draußen aufregend lecker." Der Junge macht eine einladende Handbewegung und führt alle von der Diele durch einen offenen großen Rundbogen in den Salon. An drei kleinen Tischen sitzen bereits Gäste bei ihren Vorspeisen. Der Raum ist groß, entlang an zwei Seiten gibt es breite flache Sitzbänke mit vielen handgewebten Kissen. Kunstvolle marokkanische Lampen, feinstes Handwerk. Viola fallen sogleich die Tischplatten mit den alten Azulejos[90] in den bevorzugten arabischen Farben, den Ornamenten und Originalmustern auf. An den Wänden hängen einige von den großen berühmten Tellern, Spiegel umrandet von fast filigraner Schmiedearbeit. Alles ist gekonnt aufeinander abgestimmt und der Raum wirkt nicht überladen. Viola fühlt sich sogleich richtig wohl. In der Mitte ist ein runder Tisch für fünf Personen eingedeckt und da kommt auch schon Maria durch einen kleinen offenen Rundbogen. Auf einem Tablett trägt sie sechs typische gerade Teegläser gefüllt mit heißem Minzetee. Fröhlich begrüsst sie ihre Gäste und bittet sie alle auf einer der Sitzbänke gemeinsam den Tee zu trinken. Lulu hebt ihr Glas Viola entgegen: „Na chica, Kontrastprogramm zum Urwald oder?" „Ja wunderbar, das ist euch gelungen." strahlt Viola und sucht Blickkontakt mit Martin. Er schaut wie gebannt auf Maria, diese versucht seinem Blick auszuweichen mit den Worten: „Setzt euch gerne schon an den Tisch, es geht gleich los. Manuel nimmt eure Getränkewünsche entgegen." Dann huscht sie in die Küche. Viola ist ein wenig irritiert, glaubt dann aber, sie hätte sich wohl getäuscht. Außerdem, ein Mann sollte den Anblick einer schönen Frau, und das ist Maria, genießen und sie mal gerne länger anschauen. Das findet Viola absolut normal. Tut sie ja auch, sich häufig schöne Frauen und Männer ansehen. Irgendwie unbewusst setzt sie sich Martin gegenüber. Die Vorspeisen sind schon mal köstlich. Wenn die Mäuler dann leer sind, gibt es wieder reichlich zu schnattern. Es ist eine rundum angenehme Wohlfühlatmosphäre. Carla fällt auf, dass Martin recht still geworden ist. Sie beobachtet ihre Mutter, wie diese das Gesicht, die etwas schlacksigen Bewegungen des jungen Manuel studiert. Er hilft ab- und aufdecken, ist sehr geschickt dabei. Er sieht gut aus mit den dunklen Augen und dem vollen Haar. Entdeckt ihre Mutter Ähnlichkeiten mit dem jungen Mar...? Ach was, wahrscheinlich ist das Violas optischer künstlerischer Blick auf Menschen und sie wird von Manuel morgen aus der Erinnerung eine Skizze anfertigen. Das Essen ist oberlecker. Maria kommt an den Tisch und fragt, ob alles recht ist. „Delicioso[69] Fatma," bekundet Martin, was alle bestätigen und ihre Gläser heben. Für einen Moment senkt Maria die Augenlider und Viola registriert, wie sie gleichzeitig ihre vollen Lippen kurz aufeinanderpresst. Hat nur Viola bemerkt, dass Martin Maria mit ihrem jetzigen Zweitnamen Fatma ansprach? Gleich darauf schaut Maria in die Runde: „Gebt Manuel bescheid, wann ihr den Mokka oder auch Minzetee möchtet, dann schiebe ich etwas Mandelgebäck in den Ofen, das darf zum Abschluss nicht fehlen." Sie eilt wieder durch den kleinen Rundbogen zu ihren geheimnisvollen Gewürzen. Nach einer Weile erhebt sich Martin, steuert auf Manuel zu, der gerade mit zwei Weinflaschen hereinkommt. Martin fragt ihn kurz nach den Toiletten, dann ist er durch den großen Rundbogen verschwunden. Nach einer ziemlich langen Zeit steht Jorge auch auf und meint lachend: „Martin ist wohl mit der Klospülung versunken, das ist ja wie ein Versuch aus Cuba zu fliehen. Ich schau mal, ob ich ihn retten kann." Die drei Mädels stecken die Köpfe zusammen. „Was ist mit Martin?" Lulu schaut Viola fragend an, „er ist so still, kennt man gar nicht von ihm." Viola nachdenklich: „Er scheint Maria-Fatma zu kennen. Sind Jorge und er jetzt beide in die Kloschüssel gefallen?" Jorge kommt wieder rein und setzt sich still hin. „Qué es?"[92] stößt Lulu ihn an. „Martin steht bei Maria in der Küche, beide scheinen in einem ernsten Gespräch vertieft zu sein, er wird schon gleich kommen." Da ist er bereits. Martin setzt sich mit den Worten: „Das Gebäck ist im Ofen, ich habe für alle Mokka bestellt und bezahlt, ihr seid eingeladen." Dann zieht er beide Augenbrauen etwas hoch, sieht Viola ganz offen und lächelnd an. Sie nickt ihm zu und lächelt zurück. Die kurze Anspannung am Tisch ist wieder gelöst. Maria stellt warmes Mandelgebäck und Mokka auf den Tisch und sagt: „Manuel hat leise etwas Musik angestellt, seine eigenen Kompositionen. Seit fünf Jahren lernt er Gitarre zu spielen, will Musik studieren und ein zweiter Paco de Lucía werden." „Das ist ja ganz wunderbar," lobt Viola, „ein junger Mann mit Visionen." Es geht auf nachts elf Uhr zu. Die anderen Gäste sind bereits gegangen. Der Fünfertisch verabschiedet sich nun auch von Maria, lobend ihrer hervorragenden Kochkünste. Sie dankt und freut sich sichtbar ehrlich. Dann auf baldiges Wiedersehen. Lulu steckt Manuel ein großzügiges Trinkgeld in die Hand. Martin gibt Manuel die Hand, mit der anderen hält er ihn an der Schulter und sagt: „Was ich da gehört habe ist recht gut, wenn

du willst können wir mal zusammen Musik machen."
„Du spielst auch Gitarre?" Der Junge strahlt: „ Das
wäre cool." Martin nickt: „ruf mich einfach an, deine
Mutter hat meine Nummer."

Draußen ist es kühl mit einem gigantischen Sternenhimmel. Viola hakt sich bei Martin ein: „Du, mein
Musiker schau mal hoch. Dort im Osten steht der
Mars, der etwas rötlich scheinende Planet und un-
gefähr gegenüber siehst du die Venus im Westen,"
Martin umarmt sie, drückt sie an sich: „Die Entfer-
nung macht mich nachdenklich, ich habe meine Venus
lieber so ganz nah bei mir." Viola tippt ihm mit dem
Zeigefinger auf die Nasenspitze: „Naja du, da oben
herrschen andere Dimensionen, dort gibt es nicht
mal un beso de mariposa[91]." „Gib mir einen," fordert
Martin. Viola stellt sich auf die Zehenspitzen, beugt
sich ganz nah an seine Wange und lässt ihre Wimpern
sich daran auf und nieder bewegen. Er lacht, weil es
kitzelt. Möchte sie noch richtig küssen; doch die anderen sitzen bereits im Auto und Lulu ruft: „Wollen
die beiden Kolibris mitfahren!" Sie wollen, sprinten
und schon sind sie im Wagen. Carla setzt alle an der
Finka ab und geht gegenüber zu einer Freundin von
Lulu in ein gemietetes Apartment.

„Ich könnte dir mit Fragen auf die Sprünge helfen,"
versucht Viola das Schweigen zu brechen. Es war irgendwie eine laute, dröhnende Stille zwischen ihnen.
„Ich glaube nicht," Martin sagt diese Worte langsam

und sehr bestimmt. Sie sitzen auf Violas gemütlichem Zweiersofa. Martin hat die Ellenbogen auf den Knien, den Kopf hält er in seinen Händen, als bräuchte er Schutz oder ist ihm zu schwer geworden und würde gleich ohne Stütze runterfallen. Viola sitzt im Lotussitz und rührt ununterbrochen in ihrem Teebecher. „Du möchtest mir also nichts erzählen?" hakt sie nochmals nach. Martin zieht seine zehn Finger über den Kopf durch seinen Haarschopf, richtet sich auf und lässt sich mit einem lauten „Puuuh" bei langer Ausatmung nach hinten in die Kissen fallen. „Nein liebste Viola, ich muss noch einiges recherchieren." „Gut, dann gehe ich schon mal Träume fangen." Als Martin später bei Viola an ihrer großen „Spielwiese" steht, wie sie ihr Bett häufig nennt, betrachtet er dieses, für ihn wunderbare Geschöpf durch das Moskitonetz wie durch eine Nebelwand. Irgendetwas spürbar Störendes steht zwischen ihnen. Sein Herz fängt plötzlich wild an zu klopfen. Martin meinte, wenn er jetzt das Netz öffnet ist der Nebel weg und alles ist gut, wie immer; doch dieses Etwas war noch da. „Komm, leg dich zu mir," flüstert Viola. Er streckt sich auf dem Rücken neben ihr aus. Langsam wird sein Herzschlag ruhiger und er selber auch. Dann möchte er doch sprechen, Violas Fragen beantworten, obwohl er selber noch welche hat. Sie reden die halbe Nacht. Viola ist eine gute Zuhörerin.

Es ist alles längs Vergangenes, hatte für Martin keine

Bedeutung. War auch damals für ihn nicht sinnvoll darüber nachzudenken. Nun musste er aber diese Zeit von damals in heutige Realität zurückholen. Damals, das war im Mai/Juni 2004, als er von seiner Hamburger Firma für Windkraftanlagen als Statiker mit Kollegen, wie anderen Ingenieuren, Geologen, Vermessungstechnikern nach Algeciras geschickt wurde. Richtung Westen von dieser Hafenstadt, noch ein ganzes Stück vor Tarifa bei der Meeresenge von Gibraltár, zieht sich eine Bergkette nah am Meer entlang. Dort oben ist ein stetiger Wind. Hier mussten sie genaue Untersuchungen machen, Bodenproben nehmen, Messungen durchführen. Martin erinnert sich, warum er in Algeciras eines Tages in eine Apotheke ging. Er hatte sich wahrscheinlich wohl eine leichte Fisch- oder Muschelvergiftung zugezogen, brauchte Beratung und ein gutes Mittel. So lernte er Fatma kennen. Sie wollte ihm nichts verkaufen, sondern in ein Gesundheitszentrum schicken. Er blieb hartnäckig, bis sie mit einem Medikament rausrückte, wobei er ihr versprechen musste, sich noch untersuchen zu lassen, sollte es ihm in zwei Tagen nicht besser gehen. Davon konnte sie sich dann persönlich überzeugen, indem er gesund und munter Fatma nach Feierabend abholte. Sie trafen sich noch zweimal, danach mussten Martin und seine Kollegen wieder abreisen. Drei Jahre später 2007/08 hatte seine Firma dann den Auftrag zum Bau dieser Windkraftanlage erhalten. Martin hatte nach der Fertigstellung gekündigt und sich 2008 in Manilva niedergelassen, wo er sich irgendwann die Finka mit den Weinbergen, sowie den alten Olivenbäumen kaufte und sein Leben total umkrempelte. In der Apotheke in Algeciras ist er nie mehr gewesen. Er hätte Fatma dort nicht mehr angetroffen und sie war in seinem Kopf auch gar nicht mehr present. Für sie war damals klar, dass er 2004 für immer nach Hamburg zurückkehrt. Am 12. März 2005 brachte Fatma ihren Manuel zur Welt. Sie wusste, dass nur dieser Martin aus Deutschland als Vater infrage käme. 2007 hatte sie der herzensgute, sehr viel ältere Apotheker aus Malaga geheiratet, seitdem heißt sie Maria.

„Solche Geschichten schreibt das Leben," meint Viola, „schau dir Lulu und Jorge an. Das hätte ja fast ähnlich verlaufen können, wenn ihm nicht Lulu so wichtig gewesen wäre und er alles daran gesetzt hätte hier wieder her zu kommen. Von ihrer Schwangerschaft hat auch er nichts gewusst. Mir sind übrigens sofort gewisse Ähnlichkeiten mit dir bei Manuel aufgefallen. Die dunklen Augen hat er allerdings von seiner Mutter." Martin wiegt den Kopf hin und her, schaut unsicher: „Bevor ich nicht absolute Gewissheit habe, bleibe ich in Deckung. Ach ja, und es waren damals keine Liebesgefühle im Spiel, zumindest für mich war es eine intensive, kurze Affäre, nur Sex. Reiner Notstand, zwischen Greta und mir krieselte es bereits. Maria war und ist ja noch eine attraktive Frau." „Also wenn du Gewissheit brauchst, lass einen DNA-Test machen. Damit muss Maria allerdings einverstanden sein. Hat sie Forderungen an dich gestellt? Ihr ward ja eine ganze Weile in der Küche im Gespräch." „Nein, hat sie nicht. Es gibt wohl keine finanziellen Nöte. Ihr ist wichtig, dass Manuel in seinem jungen Leben nicht aus der Bahn geworfen wird, auch wenn er mit fast 14 Jahren schon sehr erwachsen wirkt. Er ist es noch nicht, dafür aber sehr sensibel sagt Fatma. Ihr Mann und er mochten sich und Manuel weiß, dass er nicht sein biologischer Vater war." Viola fällt auf, dass Martin sie immer noch Fatma nennt: „Natürlich ist er sensibel und wird es auch sicher bleiben, er will Musiker werden." „Danke, dass ich mit dir so offen reden kann Viola. Das ist wunderbar. Ich muss das alles noch sacken lassen und möchte mit Fatma nochmals in Ruhe reden. Zum Beispiel auch, wieso hatte es denn mit ihrer Verhütung nicht geklappt. Sie versicherte mir hoch und heilig, ich könne mich auf eine Apothekerin ja nun wohl verlassen." „Ach Martin, das lass mal lieber, wozu sollte das gut sein? Vielleicht bist du ja wirklich ein später Zufalls- oder Unfallvater geworden. Das könnte doch etwas ganz Schönes und Sinnvolles in deinem Leben sein, einen Sohn zu haben." „ Ich brauche noch Bedenkzeit und Gewissheit natürlich. Hauptsache du bist da. Wollen wir den Rest der Nacht nicht weiter zerreden. Komm in meinen Arm, lass uns gemeinsam Träume einfangen."

Sehnsucht von jadegrün bis indigo und purpura

Viola träumt vor sich hin, hat in sich verschlungene Farben vor ihrem inneren Auge. Wie male ich verlorene Zeit? --Da wir uns 27 Jahre zu spät wiedersahen, werden wir alles nachholen, sollten wir irgendetwas versäumt haben.-- Martin's Worte! Nein, verlorene Zeit existiert nicht, wir können Zeit nicht anhalten, zurückholen oder verlängern, uns nur schenken. Es ist 6 Uhr früh, Martin macht neben ihr noch leise Schlafgeräusche! Sie beobachtet, wie sich sein Bauch gleichmäßig auf- und niedersenkt. Viola legt ganz sanft und leicht ihre rechte Hand darauf, mit der anderen streicht sie ihm zärtlich über sein Haar. Was sagt Lulu des öfteren? --Geiles Exemplar, was du da hast.-- „Ja, das finde ich auch," flüstert sie. Dann springt sie auf und geht schnurstraks in ihre große Atelierecke. Stellt eine 1,50 m x 1,20 m große Leinwand auf die Staffelei und sucht gezielt Farbtuben zusammen. Mit einem breiten Spachtel beginnt sie mit Maisgelb zu grundieren. Wenn sie sich in so einem wilden, visionellen Zustand befindet, muss sie schnell arbeiten. Es läuft! Auch der Schweiß unterm longshirt, auch die Zeit; doch solche Nebensächlichkeiten bemerkt sie dann nicht. Es muss jetzt sofort auf dieses Weiß, was gerade in ihr abläuft. Sie befindet sich in solchen Momenten, Lulu sagt Anfällen dazu, fern von dieser Welt, irgenwo zwischen Raum, Nebel und dem Nichts. Plötzlich spürt sie soetwas wie einen leichten Luftzug, der sich manifestiert als eine Berührung von Martin´s Hand auf ihrer Schulter. Er hält ihr einen Café unter die Nase: „Dios mio, mein Gott Viola so fast entrückt habe ich dich ja noch nie arbeiten sehen. Ich wollte dich nicht erschrecken. Ich schaue dir bereits eine halbe Stunde zu, dachte du brauchst mal eine kurze Kaffeepause." „Danke Martin. Sie nimmt einen Schluck: „Unterbrechung ist ganz schlecht," sie schaut auf die Leinwand, kneift dabei die Augen zusammen, „aber genau richtig," drückt Martin den Kaffeepott wieder in die Hand: „Ich muss pinkeln." Als sie in ihrem farbbekleckerten Shirt wieder vor ihm steht, strahlt sie ihn an. Er lacht: „Na, erleichtert?" „Es ist ja schon halb neun und riecht lecker nach Frühstück von unten." Viola dreht die Farbtuben zu. Martin umfasst sie von hinten und zieht ihr das Malerhemd über den Kopf. Jetzt splitternackt, dreht Viola sich zu ihm um: „Hombre, nee ich bin dreckig, verklebt, verschwitzt, dufte nicht gerade nach Jasmin." „Das wäre mir egal," er hält sie fest, küsst sie leidenschaftlich: „Willst du nun essen oder Sex? Du bist mir momentan ausgeliefert." Viola gurrt wie eine Taube: „Du irrst. Ja in manchen Momenten gerne und du riechst auch schon hormonell aufregend, aber jetzt ist duschen und Frühstück angesagt. Por favor." Natürlich lässt er sie los, nicht ohne ihr noch einen

Klaps auf den Po zu geben. Viola verschwindet ins Bad. Lulu und Jorge sitzen bereits bei gerösteten hellen Brotscheiben mit Olivenöl, obenauf ganz kleingehackte Tomaten mit Salz und Oregano. Martin setzt sich dazu und macht sich auch zwei so typische andalusische Baguettehälften zurecht. Eines schiebt er Viola rüber, sie kommt mit nassen Haaren an den Tisch und macht sich wie ausgehungert darüber her. Das Frühstück zieht sich nicht in die Länge, jeder hat gewisse Dinge auf dem Zettel. Carla kommt rein, macht sich einen Café. Viola ist bereits wieder oben, stülpt ihren Rucksack um und steckt die erste Wäsche in die Maschine. Lulu und Jorge wollen nach Málaga, es gibt viel zu erledigen. Carla fragt Martin, ob sie ihn in Viola´s Panda nach Manilva fahren soll. Das wäre genial. Viola gibt grünes Licht. Sie und Carla wollen erst am Nachmittag nach Málaga zu Élena in die Galerie. Martin schnappt sich sein Gepäck, findet Viola am Fußboden vor ihrem Bett am Reiseunterlagen sortieren. Er hockt sich zu ihr runter: „Sehen wir uns in 3-4 Tagen am Wochenende bei mir?" „Sehr gerne, wir müssten nur Carla am Sonntag zum Flughafen bringen." „Muy bien, beso mi cariño."[93] Viola schaut ihm nach, wie er sich den Rucksack über eine Schulter schwingt, die Sonnenbrille aufsetzt und bereits behende die Treppe hinunterflitzt. Carla hat den „Kleinen Italiener" schon gestartet.

Die letzte Novemberwoche hatte begonnen. Die Oli-

venernte war so gut wie durch und die Weiterverarbeitung kann beginnen. Martin und Carla waren
noch bei seinen Pistazien- und Aloe Vera-Feldern.
Carla wollte wirklich alles über die Aloe-Pflanzen und
deren Möglichkeiten wissen. Sie hat Pläne, welche sie
in Hamburg vielleicht umsetzen kann.

„Manchmal glaube ich du siehst mehr als wir, all die
anderen, Viola." „Wie meinst du das?" „In deinen
Bildern, solchen wie in deinem neuen hier, erscheinen Dinge die nicht existent sind, etwas was nur du
siehst?" „Martin, etwas was nicht real für uns ist, sich
nicht erklären lässt, heißt ja nicht, dass es nicht existiert. Ich glaube wohl, dass gerade du etwas in diesem
Bild erspürst, aber nicht in Worte fassen kannst, weil
es nur ein Empfinden ist. Es sind die Farben Martin,
die etwas auslösen in dir, mehr nicht. Das müsste dir
bei deinem Gitarrenspiel auch des öfteren so ergeh-
en. Für mich verwandelst du mit manchen Melodien
Töne in Farben, von denen ich fortgetragen werde."
Sie sitzen beide auf dem Fußboden im Atelier von
Viola und betrachten das vor einer Woche entstan-
dene Gemälde. Martin fragt: „Hat das Werk schon
einen Titel?" „Sehnsucht von jadegrün bis indigo und
purpura – bis die Nacht den Mond verschluckt." Da
möchte er noch eine kurze Aufklärung, weil er meint,
in der Farbgebung figürliches zu sehen. Zwei ineinander verschlungene Körper, aber einen Mond findet
er nicht. Viola sagt: „Also gut, ganz kurz interpre-

tiert. Jadegrün ist das Glück, indigo ist die Nacht, purpura ist die Liebe, das Leben und der Tod. Und deine Figuren sehe ich jetzt erst. Wie bedeutungsvoll unser Unterbewusstsein doch sein kann." Martin lässt sich noch eine ganze Weile einfangen von den Farben: „Das Bild gefällt mir sehr. Ich stelle es mir gerade an der Decke über meinem Bett vor, dann könnte ich es jeden Abend mit in meine Träume nehmen. Manchmal auch diese Farbkompositionen in Töne verwandeln und dir vorspielen. Aber jetzt möchte ich dich ganz bedeutungsvoll und real dieses Wochenende wie verabredet zu mir nach Manilva holen." Viola strahlt: „Lass mich nur ein wenig Handgepäck zusammensuchen, dann fahren wir. Lulu und Jorge können gut mal ein paar Tage die Hütte hier für sich haben."

Abends sitzen sie bei Pepe und essen Dorade in Salzkruste. Martin denkt, er möchte mit Viola konkret über ihre gemeinsame Zukunft sprechen. Hat sie wohl schon mit Lulu und Jorge, die ja demnächst zu dritt sind, Pläne gemacht? Viola zögerlich: „Nun ja, erst einmal wäre Jorge nur am Wochenende in Benahavís. Lulu hat sich in den Kopf gesetzt, da das Grundstück groß genug ist, eine sehr geräumige casita[23] mit Atelier für mich zu bauen." „Hm," macht Martin, „ich möchte nicht Lulu´s Pläne durchkreuzen, doch die Idee einer zweiten casita bei mir oben hatte ich bereits in Argentinien in der Pampa. Ich weiß ja, dass du selbstbestimmt leben möchtest, dein eigenes Heim und Rückzugsort brauchst." Viola: „Für alles lässt sich eine Lösung finden. Vielleicht benötigst du auch mal die casita von Rosa für Manuel? Wir brauchen noch nicht mit Grundsteinlegungen beginnen. Die erste Zeit wird mich Lulu und ihr Zwerg sehr inanspruch nehmen. Ich freue mich für sie und Jorge auf ihr Kind. Und in deinem Haus ist doch riesig viel Platz für mich an Wochenenden so wie dieses. Du weißt, ich bin gerne mal hier und dort, war immer eine Nomadin. Ich bin an unserer Zukunft sehr interessiert, wir könnten den Rest unseres Lebens gemeinsam in ihr verbringen. Lass uns noch am Strand durch die Nacht laufen, unsere Sterne finden und drüben die Lichter von Afrika sehen." Martin denkt laut: „Du hast doch noch ein wenig Angst vor der Zukunft. Man soll sich zwar vieles gut überlegen, wenn man zu lange wartet, kann es auch mal zu spät sein." Wie hatte es Serafina ausgedrückt denkt Viola? --*Geh endlich durch die Tür, die für dich immer noch offen ist*-- Im Sand ziehen sie die Schuhe aus, Viola tanzt durch das Wasser und ruft: „Das Meer – ein zeitloser Ort – die Freiheit im Nichts." Martin ergreift sie bei den Händen und sie drehen sich wild im Kreis bis sie erschöpft und lachend im Sand liegen. Viola prustet: „Weißt du was ich an dir liebe?" „Lass mich raten, meinen body, meine Arme die dich halten, meine Küsse, meine Stimme..." „Ja, ja und noch viel mehr und dein Herz, weil es weich wie Tofu ist. Ich muss jetzt hoch, hab einen

kalten Moors. Es ist auch schon fast Dezember." Er
hält sie fest, ein langer Kuss. Sie rappeln sich. Martin
neckt sie: „Bist du denn noch geländegängig? Kleiner
Sprint zur Promenade hoch?" Angekommen, nach
Luft schnappend fallen sie sich wieder in die Arme.
„Eine ausgeleierte Beziehung ist was anderes, oder
Martin?" Der Mond hängt ganz groß und rot, wie
grenzenlos nimmt er den ganzen Himmel ein. Viola
schließt die Augen, drückt ihren Kopf an seine Brust,
schaut in sein Gesicht, sucht seine Augen. Er: „Wollen wir?" Sie: „Ja los jetzt, fahr uns hoch zu dir, ich
will das Feuer in deinen Lenden spüren." „Aber sowas
von. Du mein Weib du." Mit Tangoschritten bewegen
sie sich durchs Haus, Viola immer schön rückwärts.
Martin führt sie zu seinem großen Bett und ist schon
dabei ihre Bluse zu öffnen: „Wie war das jetzt nochmal mit deiner Nebenstrecke, nimmst du mich mit?"
„Es gibt keinen Wegweiser wie man die Hauptstrecke
verlässt. Sich zu verirren und im Nirgendwo landen,
ist einmalig schön. Ich lass mich heute ganz auf dich
ein und von dir führen. Zeig mir wer du bist." Viola
liegt seitlich auf dem Laken, den Kopf mit der Hand
gestützt und sieht ihn auffordernd an. Martin kniet
sich runter zu ihr und grinst: „Hat dir der Wind am
Meer schon wieder Abenteuer entgegen geflüstert?
Vielleicht rutschen wir ab und die Landung ist hart.
Du siehst in diesem weißen Spitzenbody verführerisch
aus, den hast du mir bis jetzt vorenthalten. Weiß mag

ich gerne auf deiner Haut. Ich lass ihn dich noch ein wenig anbehalten." Viola liebt es, wenn er ausspricht was ihm gefällt. Oder wenn sie sich lieben, er zulässt, dass sie seine verletzliche Seite wahrnehmen kann. Er flüstert: „Wir sind zwar nicht mehr im Urwald, aber ich will es tropisch erotisch." „Und ich will es analog und nicht digital." Sie lachen beide. Viola merkt, dass er heute wild und begierig nach ihrem Körper ist. Auch das gefällt ihr. Nach ihrem ersten Höhenflug holt Martin sich einen kleinen Brandy, für Viola einen sprudelnden Rosé. Einen Schluck, ein langer Kuss, dann nimmt Viola einen tiefen Atemzug und sagt: „Este amor es más fuerte que el dolor."[94] Dann liegen sie sich schon wieder in den Armen, sehr sanft und zärtlich geht das Liebesspiel weiter. Auch ganz unbegehrliche Zärtlichkeit könnte für immer diese Liebe am Leben erhalten. Diese Nacht ist lang. Wohlbehagen macht sich breit, es strömt durch ihrer beider Körper. Martin sagt: „Erzähl mir deine Träume, ich sing dir meine Lieder." Viola denkt, *so viele Liebesgedichte, auch voll von schmerzhafter trauriger Sehnsucht schrieb ich dir.* Ein paar Tränen rollen ihr über die Wangen, „das sind Glücksperlen," sagt sie lächelnd. Er küsst ihr die Perlen weg und schließt sie in die Arme. So verharren sie minutenlang. Viola sagt, was sie in dieser Stille spürt: „Wenn du singst, übt deine Stimme Magie in meinem Unterbewusstsein aus. Mir ist dann, als wenn ich schwebe und mein Selbst vergessen lässt. Ich bin ganz nah bei dir, als wäre ich in dir. Vielleicht sollten wir jetzt unsere verschlungen Körper wieder entknoten." Martin´s tiefe Stimme: „Nein, halten wir noch inne, ich will dich eine Weile ganz fest spüren, damit ich dich in meinen langen Nächten bei mir fühlen kann." Viola: „Ich glaube ja, dass wir genau richtig miteinander leben, so wie wir es tun. Ich glaube auch, dass nichts in unserer Seele verloren geht."

Der DNA-Test hatte ergeben, dass Martin der biologische Vater von Manuel ist. Sie haben sich beide für die Zukunft viel gemeinsame Zeit vorgenommen.

Am 17. Dezember brachte Lulu einen gesunden Frederico auf die Welt. Jorge hatte tatkräftig bei der Geburt seines Sohnes mitgewirkt. Rein gynäkologisch versteht sich.

Im Frühjahr 2019 begannen dann bei Lulu und Martin Bauarbeiten auf ihren jeweiligen Grundstücken, für jeweils eine casita mit großem Atelier.

Spanisch - Deutsch

0   amante - Liebhaber/in, Geliebte/r

1   muy raro - sehr seltsam, komisch

2   vacío - leer

3   caña/s - Rohr/e, Zuckerrohr (kleines Bier)

4   dos cañas por favor - zwei kleine Bier bitte

5   un beso/besos - ein Kuss/Küsse

6   Chiringuito - einfaches Strandlokal

7   ocho - acht

8   despacito - sehr langsam

9   Buenas noches - Gute Nacht

10 Salud y mucho exito - Zum Wohl und viel Erfolg

11 cava - Sekt

12 café solo - Espresso

13 chica/Hola chicas - Mädchen/Hallo Mädels

14 mi guapa/o - meine Schöne/mein Schöner

15 paciencias - Geduld

16 agua sin (con) gas - Wasser ohne (mit) Kohlensäure

17 madrileño/a - Mann/Frau aus Madrid

18 campensino/s - Landwirt/e

19 amigo/a - Freund/in

20 mierda - Scheiße

21 Dios - Gott

21 Dios mio - mein Gott

22 Finka rural (rural) - Landgut (ländlich)

23 casa/casita - Haus/kleines Haus, Gästehaus

24 vino blanco/tinto - Weißwein/Rotwein

25 tinto gran reserva - Rotwein mind. 5 Jahre im Eichenfass gelagert

26 abrazo/s, abrazar - Umarmung/en, umarmen

27 postres - Nachtisch, Dessert

28 entradas - Vorspeise

29 Jamon Serrano - roher spanischer Schinken

30 negro - schwarz

30 pata negra - schwarze Pfote

31 Queso/Manchego - Käse/Rind und Schaf

32 tapas - Appetithäppchen

33 bésame mucho - küss mich, viel, oft, lange (beso – Kuss)

34 hombre - Mann (Mensch)

35 la comida erá muy picante - das Essen war sehr scharf

36 quebrada - Schlucht

37 cortado - doppelter Espresso mit etwas Milch

38 media luna - Halbmond

38 la luna - der Mond

39 café con leche - Milchkaffee

40 c/calle - Str./ Straße

41 verdad - richtig/nicht wahr?

42 está muy cerca - befindet sich/ist sehr nah

43 gracias - danke

44 Hola Martin mi amigo, que haces aquí? - Hallo Martin
mein Freund, was machst du hier?

45 alemana - Deutsche/r

45 amigo alemán - deutscher Freund

46 compañero/a - Kamarad/in, Freund/in, Kollege/in

46 mi compañero/a de vida - mein Lebensgefährte/in

46 mi pareja - meinPartner/in

46 pareja - Paar, Pärchen

47 Bienvenido al desayuno - Willkommen zum Frühstück

48 Milonga - Tango/Tangotanzveranstaltung

49 porteño - Einwohner von B.A./einer aus Buenos Aires

50 Yerba/Hierba Mate - Kraut/Kräuter (Tee)

51 barrio/s - Stadtteile

52 la boca - der Mund

53 poema/s - Gedichte

54 indígena - Ureinwohner, Eingeborener, Einheimischer

55 soroche - Höhenkrankheit

56 chorizo - gewürzte Bratwurst

57 asado - Braten

58 parillada - Grillrestaurant

59 con papas (Süd-Amerika) - mit Kartoffeln

59 patata/s (span.) - Kartoffel/n

60 que es esto - was ist das

61 Buen viaje y muchos besos a Viola - Gute Reise und
viele Küsse an Viola

62 Machete - großes Buschmesser

63 novia/o - Verlobte/r

64 mucho suerte hombre alemana veremos in breve - Viel Glück
Deutscher, wir sehen uns in Kürze

65 muy facil - sehr einfach

66 un desayuno exelente - ein vortreffliches Frühstück

67 mi cariño - mein Liebster/Zuneigung

67 cariñoso - zärtlich, liebevoll

68 mariposa - Schmetterling

69 delicioso - köstlich

70 Brujera - Hexenmarkt

71 curandero/a - Heiler/in

72 bruja - Hexe

73 Dios - Gott

73 Dios mio - mein Gott

74 tomar - nehmen

74 tomamos algo - wir trinken (nehmen) etwas

75 una caja/un cajon - eine Holzkiste /typ. span./lateinameri-
kanisches Rythmus-/Musikinstrument

76 mi ángel - mein Engel

77 quisá/s - vielleicht

78 estoy loco por tus huesos - ich bin verrückt nach dir

79 entre un frenesí de besos - zwischen einem Rausch von Küssen

80 dame tu sensualidad y éxtasis en cambio - gib mir deine
Sinnlichkeit und Extase im Wechsel

81 valle de luna - Mondtal

82 niño - Kind (Junge) niña (Mädchen)

83 Así que mi mariposa - Also mein Schmetterling

84 Gracias a la vida - Dank an das Leben
es una de las canciones chilenas más conocidas - es ist
eines der bekanntesten Lieder Chiles

85 la vida es tan bonita - das Leben ist sehr schön
a mi querido gracias a la vida contigo - mein Geliebter,
danke an das Leben mit dir

86 ella está muy feliz - sie ist sehr glücklich

87 carretera - Landstraße/Schnellstraße

88 bueno hasta mañana - gut, bis morgen

89 marroqui - marokkanisch

90 azulejos - Fliesen, Kacheln

91 un beso de mariposa - ein Schmetterlingskuss

92 Qué es? - Was ist?

93 Muy bien, beso mi cariño - sehr gut, Kuss meine Liebe,
mein Schatz

94 Este amor es más fuerte que el dolor - diese Liebe
ist stärker als der Schmerz

95 Magno - Brandy aus Jerez

Erläuterungen

Indio   diskriminierende Bezeichnung für die
              Landbevölkerung der Anden

Indígena   Ureinwohner

pachamama   Mutter Erde

pacha apu Schöpfer der Erde

Coca   immergrüner Strauch, wächst in Peru und Bolivien in
              subandinen Gebieten. die Blätter enthalten Kokain

cocalero   Cocabauer, Pflanzer

Quinoa   war ein wildwachsendes Gänsefußgewächs (später
              kultiviert). Die hellgelben Samen haben sehr hochwer
              tiges Eiweiß (kochen wie Reis). Die Samen können
              auch zu Mehl verarbeitet werden, reich an Stärke.

Yuca/   eine große, bis zu 3 kg braun/schwarze Wurzelknolle

Yucca   von einem Busch, Fleisch weiß. Wird in Südamerika
              speziell in Urwaldgebieten gegessen. Wird gekocht
              wie unsere Kartoffel (die stammt aus Peru), hat
              genausoviel Nährwert, ähnlich im Geschmack.

Soroche	Höhenkrankheit in den Hochanden (ab ca. 4.000 m). Unwohlsein, Atemnot, starke Kopfschmerzen. Person hinlegen, auf Watte getränkten reinen Alkohol zum Riechen geben, besser Sauerstoff, wenn vorhanden. So schnell wie möglich von der Höhe runter.

Nach vielen Aufständen der armen, indigenen Bevölkerung
Seit dem Jahr 2000 gab es Kämpfe um Landrechte. Seit dem
22.01.2006 ist Evo Morales Präsident in Bolivien (aktueller Stand
April 2019). Er ist ein Aymara. Er war Anführer der cocaleros -
Cocabauern. Morales hat den Anbau von Cocapflanzen in
Bolivien legalisiert. Der Export ist allerding verboten.

Amtssprache in Bolivien ist neben Spanisch:
Quechua - wird gesprochen in Peru, Bolivien, Ecuador,
Süd-Kolumbien, Nord-West Argentinien
Aymara: im Hochland von Bolivien

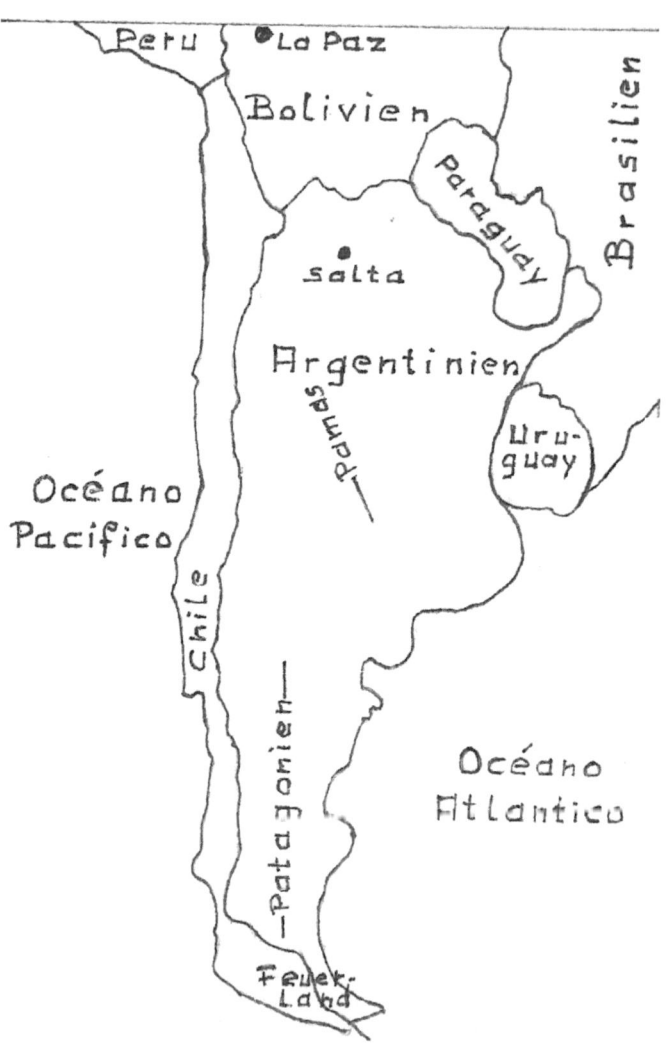

Peru
La Paz
Bolivien
Brasilien
Paraguay
Salta
Argentinien
Uruguay
Pamas
Océano
Pacifico
Chile
Patagonien
Océano
Atlantico
Feuer-
Land

Vita

Maren Witte, Jahrgang 1943
Ihre Kindheit und Jugend hat
sie in Hamburg während der
Nachkriegszeit verbracht.
Die Sehnsucht in die weite
Welt lässt sie als Jugendliche
häufig im Hafen verweilen.
Als junge Mutter in den 60er
Jahren ließen sich einige
berufliche Pläne nicht um-
setzen. Später konnte sie ihre Wünsche in die Welt zu
reisen, sowie ihre Leidenschaft zur Malerei mit vielen
Ausstellungen, umsetzen und ausleben.
Mit fast 50 Jahren begann sie, erst einmal nur für sich,
zu schreiben.

Bisher erschienen im Eigenverlag

2002 **Kunstbuch** – Reflexiones – Gedanken von Maren Witte
Lyrik – deutsch/spanisch illustriert mit eigener Malerei

2019 **Lebertran und Rock'n Roll**
Autobiografische Erzählungen der 50er/Anfang 60er Jahre
zu beziehen unter: marenwitte@t-online.de